送你上帝的粮食

新诗与律诗选集

黄海 著

广西师范大学出版社
GUANGXI NORMAL UNIVERSITY PRESS
·桂林·

插图篆刻：钟国康
责任编辑：虞劲松 梁鑫磊
责任技编：李春林
装帧设计：王 媚

图书在版编目（CIP）数据

送你上帝的粮食：新诗与律诗选集 / 黄海著.
桂林：广西师范大学出版社，2016.12
ISBN 978-7-5495-9257-9

Ⅰ. ①送… Ⅱ. ①黄… Ⅲ. ①诗集－中国－
当代 Ⅳ. ①I227

中国版本图书馆 CIP 数据核字（2016）第 294582 号

广西师范大学出版社出版发行
（广西桂林市中华路 22 号 邮政编码：541001
网址：http://www.bbtpress.com）
出版人：张艺兵
全国新华书店经销
广西民族印刷包装集团有限公司印刷
（南宁市高新区高新三路 1 号 邮政编码：530007）
开本：889 mm × 1 194 mm 1/32
印张：11.75 字数：226 千字
2016 年 12 月第 1 版 2016 年 12 月第 1 次印刷
定价：36.00 元

黄海，曾用名黄晓生，号常海居士，上世纪60年代出生于广东揭阳，毕业于上海港湾学校、上海海运学院，中国诗歌学会会员、广东省作家协会会员、深圳市作家协会理事。出版诗集《树叶的舞蹈》、《黄海诗选》，文集《抒情者的抒情》、《童年忆趣》等。主编出版招商局蛇口工业区青年诗选《窗口上的鸽子》，组织出版《深圳市散文诗选》。开设诗歌讲座“诗意栖息与幸福人生”、“传统诗词与现代诗歌”。

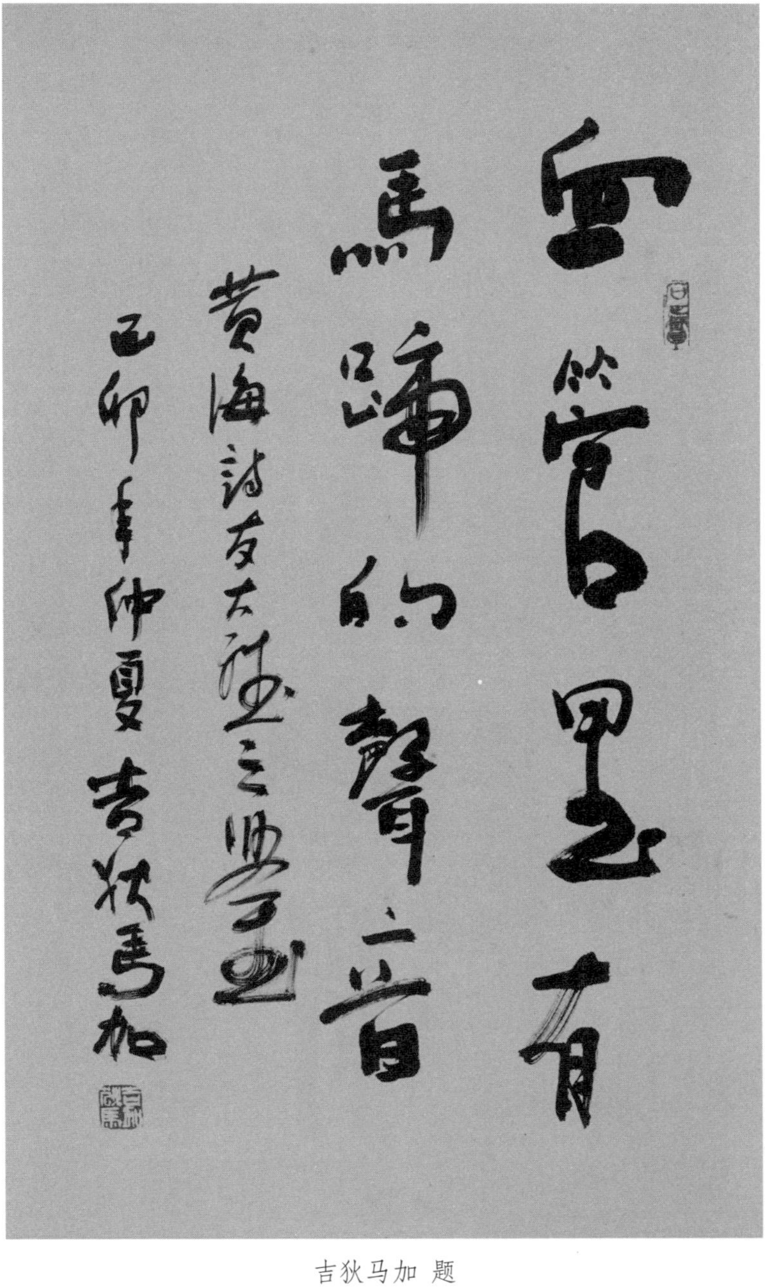

吉狄马加 题

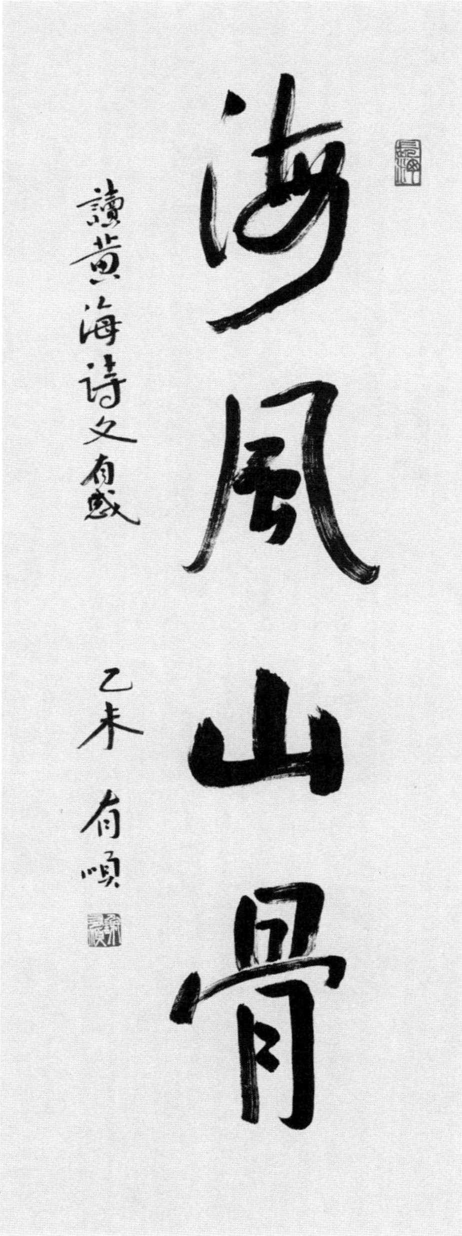

谢有顺 题

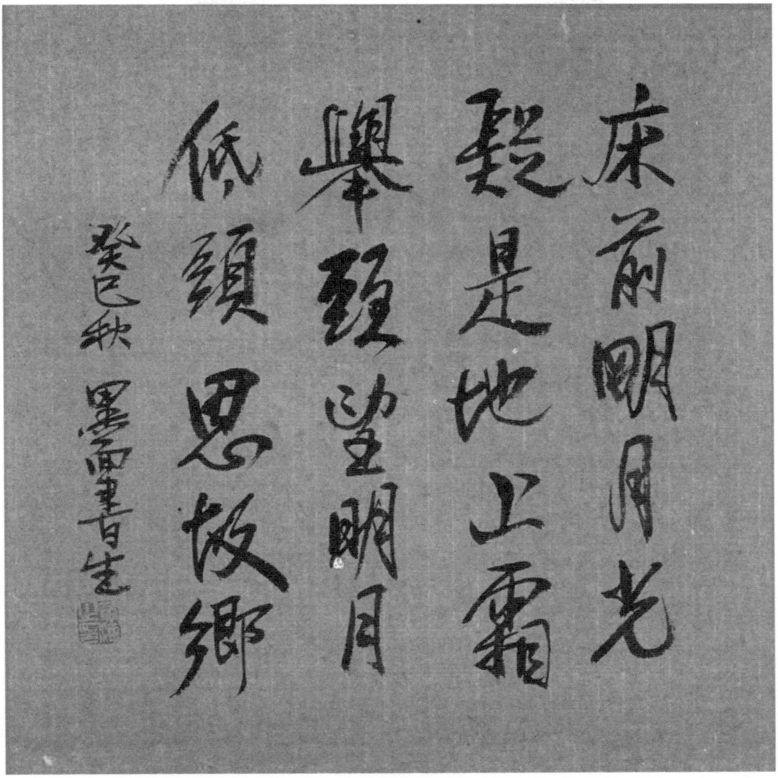

作者手迹

新诗

目 录

序言

把一切所及之物升华为诗……………………………… 吉狄马加 1

新诗

桂林春耕图（吉狄马加点评）……………………………… 5
中秋纪实（吉狄马加点评）……………………………… 6
女妖诞辰（吉狄马加点评）……………………………… 8
选票上的太阳（吉狄马加点评）……………………………… 10
一只鸟的旅行（谢有顺点评）……………………………… 12
锁和钥匙（谢有顺点评）……………………………… 14
有感于诗歌节（谢有顺点评）……………………………… 16
鸟站立在水滨（谢有顺点评）……………………………… 18
牵挂（谢有顺点评）……………………………… 20
跟我走吧（程郁缀点评）……………………………… 21
香格里拉印象（程郁缀点评）……………………………… 23
鹿回头奇思妙想（程郁缀点评）……………………………… 27
开元寺掠影（杨光治点评）……………………………… 29
工程师和他的妻子（杨光治点评）……………………………… 30
夏日周末・蛇口情人区（杨光治点评）……………………………… 31
题蛇口女娲补天塑像（杨光治点评）……………………………… 34
北京和一个诗人（外一首）（黄锦奎点评）
——兼怀念诗人何其芳 ……………………………… 36

船员与海（黄锦奎点评）……39
诗歌之树（黄锦奎点评）……41
荔枝树下（黄锦奎点评）……43
参观古罗马斗兽场（黄锦奎点评）……46
追寻（黄锦奎点评）……48
试管婴儿（洪洋点评）……50
心距（洪洋点评）……53
格林威治的时光之旅（洪洋点评）……55
锦绣中华长城吟（张同吾点评）……58
信仰（张同吾点评）……61
画像游戏（张同吾点评）……62
梦回故乡之路（张同吾点评）……64
暴雨的颤栗（任芙康点评）……66
左右脚步（任芙康点评）……68
狼性（任芙康点评）……70
疯狗（任芙康点评）……71
夜归（任芙康点评）……73
醉汉与母猪（任芙康点评）……74
登临天安门城楼挥一挥手（黄承基点评）……78
致雪莲（钟永华点评）……79
东方之舟（钟永华点评）……80
星星和鲜花（钟永华点评）
——写给“海上世界首届全国城市花展”……82
寻梦之歌（组诗）（钟永华点评）……85
水手刀（钟永华点评）……90

惊蛰夜（祁人点评）…………91
小提琴独奏者（祁人点评）…………92
拔河与赛跑（祁人点评）…………93
秋风劝酒歌（祁人点评）…………96
冬吟（祁人点评）…………101
重逢（祁人点评）…………102
斯巴达克斯（祁人点评）…………104
圣诞节寄怀（祁人点评）…………106
在海边，我有一片红树林（祁人点评）
——记深圳福田沙头红树林自然保护区…………107
蜘蛛网（祁人点评）…………110
情人节（祁人点评）…………111
姐妹们，我们去打工（组诗）（张效民点评）…………112
船员与月亮（张效民点评）…………123
失踪的孩子（客人点评）
——由赤湾陆秀夫负宋少帝殉海像联想的童话…………124
题赤湾林则徐铜像（客人点评）…………126
小山村·家信·流水线（客人点评）
——记蛇口三洋妹…………128
树叶的舞蹈（华蕾点评）…………136
天鹅兰仙子（华蕾点评）…………138
等待在三十四街口（杨林点评）…………140
仙人掌（杨林点评）…………143
你是我的中秋（唐小林点评）…………144
凭吊圆明园遗址（唐小林点评）…………145

殡仪馆随笔（唐小林点评）…………………………………… 146
永远飘泊（唐小林点评）……………………………………… 148
地球就是我们的家（唐小林点评）………………………… 150
鱼与网的寓言（唐小林点评）……………………………… 153
坐在火车上的老煤炭工人（唐小林点评）……………… 154
金海岸，黑沙滩（唐小林点评）………………………… 156
太阳是世界的主宰（唐小林点评）
——献给我们天真活泼的孩子 …………………………… 158
漓江望夫山（唐小林点评）……………………………… 160
爱情（刘伟力点评）………………………………………… 162
有一首歌忧郁而明亮（刘伟力点评）
——致韩国汉城东安养青商会的朋友 ………………… 163
心思（王熙远点评）………………………………………… 165
给她（王熙远点评）………………………………………… 166
秋藤曲（王熙远点评）……………………………………… 167
快乐其实很简单（王熙远点评）………………………… 169
虹的遐想（王熙远点评）………………………………… 171
亲爱的深圳，听我说（组诗）（王熙远点评）………… 173
离别的时候我们没有握手（王熙远点评）……………… 177
一百万人恋着同一个名字（外两首）（王熙远点评）… 179
深圳，你这只美丽的船（王熙远点评）………………… 183
合同工形象（王熙远点评）……………………………… 185
AA超能胶的妙用（赵目珍点评） …………………… 187
鲜花上升十八楼（赵目珍点评） …………………… 189

一个普通老人（赵目珍点评）
——写于河内胡志明故居 …………………………… 191
时间之矛，民族之盾（赵目珍点评）…………………… 193
致泅渡者（祁念曾点评）………………………………… 196
大连印象（祁念曾点评）………………………………… 198
三毛三毛我们去流浪（祁念曾点评）………………… 200
某日的思绪（祁念曾点评）……………………………… 202
寻找诗歌（祁念曾点评）………………………………… 203
港湾学校的水塔（祁念曾点评）………………………… 206
蛇口，请接受我的爱吧（周思明点评）……………… 211
生命的主题词（周思明点评）…………………………… 220
我一直在等你（周思明点评）…………………………… 223
青春，美丽之熵（周思明点评）………………………… 225
致佛罗伦萨（周思明点评）……………………………… 227
塞纳河恋歌（周思明点评）……………………………… 229
深圳拓荒牛速写（周思明点评）………………………… 231

评论

两种才情，一手好诗
——读黄海《律诗与新诗合集》随感 ………………唐小林 232
传统与现代交融的智性诗写
——黄海《律诗与新诗合集》读记 …………………周思明 242

后记

社会担当与个性化写作…………………………………… 248

把一切所及之物升华为诗

吉狄马加

黄海是我认识的广东诗人之一。1999年10月，中国诗人之家挂牌深圳市南山区，那时黄海是该区作家协会副主席，又是挂牌活动的组织者之一，我和他得以初次相识。后来又因公多次前往深圳，与黄海聚谈数次，对其为人为诗有了逐步的了解。

黄海的诗歌，蕴含着饱满健康的情感

我经常说，一个热爱祖国和人民、热爱中华传统文化、热爱波澜壮阔的时代的诗人，才可能拥有澎湃的诗情。很多评论家都很喜欢引用黄海早期的一句话："我身为众多的蛇口建设者队伍中的一员，目睹了蛇口由荒滩向现代化海港城市的巨变过程，感应时代的波澜壮阔，内心便产生了歌唱的冲动。"为时代而歌唱，这就是黄海诗歌创作的出发点。从文学阅历来说，黄海同志是幸运的，他有幸经历了一个伟大的转型时代，他的青春年华，与中国改革开放最前沿的深圳特区的发展朝夕相伴。在这片火热的土地上，黄海亲身经历并参与了"蛇口模式"、"新闻发布会"、"文化沙龙"、"差额民主选举"、"蛇口风波"等重大历史时刻。面对如此丰富多彩的社会生活，黄海可谓诗情喷涌。如他的《蛇口，请接受我的爱吧》，感情一泻千里，汹涌澎湃，如今读来仍让人感动。

无数的文学事实证明，如果躺在象牙塔里作无病呻吟，再有天赋的作者，充其量只能是一个渺小的诗人。只有立足于表现大我之情，关心祖国和人民的命运，才能产生优秀的诗作。在这本诗集的很多篇什中，便可窥见黄海抒发大我之情的思想境界。如《夏日周末•蛇口情人区》描写特区生活的紧张节奏，《选票上的太阳》赞美民主选举制度，《试管婴儿》为蛇口工业区成立10周年献诗，《题蛇口女娲补天塑像》呼唤着中国男子汉时代的到来，《深圳拓荒牛速写》刻画深圳特区具有“坚忍、潇洒、敏锐、勇敢”的城市性格，《东方之舟》憧憬着中华民族伟大复兴，《暴雨的颤栗》体现对弱势群体的人文关怀，《追寻》展现认识客观世界的宏大叙事，《香格里拉印象》升华“知黑守白”的人生品格，《跟我走吧》追求民主和自由的情怀，《荔枝树下》吟唱阿婆的爱情和时代巨变。而在《北京和一个诗人》中，出于对国家前途命运和改革开放的无限憧憬，诗人发出了“河那边的世界，会是一种什么样的生活”的向往，令人遐思无穷。

黄海的诗歌，表现了诗人艺术构思的独特魅力

诗歌的构思是指诗人在进行诗歌创作时的思维活动，是诗人捕捉灵感，选取、提炼、酝酿、确定思想主题的过程，其目的在于探索最富于诗意的表现形式。黄海的诗歌构思是颇具艺术表现力的。《选票上的太阳》这首诗抓住选票上的一个细节，打一个“O”号，然后阐述了“O”在数学、语言学、逻辑学、美学、社会学、文字学等学科上的意义，显示了诗人知识涉猎的丰富性，最后画龙点睛“‘O’在选票上是太阳”，揭示只有真正实行民主选举制度，人民才能当家做主，民族复兴才有希望！《题蛇口女娲补天塑像》这首诗不去重复古老的美丽传说，而是用孩子的直觉眼光去发现，虚幻与现实互为交织，给读者无限遐想，呼唤着中国男子汉时代的到来！《追寻》以鹰在天空寻找不到天空，鱼在水里找不到流水的哲学思考，揭示人类认识客观事物的局限性。《鹿回头奇思妙想》这首诗中，鹿回头的传说在诗人眼中只是人和动物的爱情故事，结尾“我多么渴望/回头的小鹿/依然是一只美丽的小鹿呵”，在物欲横流、感情泛滥的年代，出乎意料之外，却在情理之中。《跟我走吧》这首诗，我们既可把它作为爱情诗来欣赏，又可把它作为政治抒情诗来解读，可见诗人独特的诗艺构思的魅力。

黄海的诗歌，是传统的继承和艺术探索之作

诗中有画是中国古典诗词的优秀传统之一，诗中的画境与画中的诗境经巧妙的组合，成为诗画创作的一种境界追求。新诗创作能否做到“诗中有画”，看看黄海的《桂林春耕图》：“一双双亲近泥土的手/向左插一行希望/向右插一行希望//老水牛耕一幕烟雨/布谷鸟唱遍每一村每一户/层层叠叠 纵纵横横/擦擦眼也就绿了。”这首诗用“插、耕、唱”三个动词，就把春耕的繁忙点画出来；而“插一行希望”的“希望”一词，象征农民心眼里的秧苗，秧苗绿了，春天给农民带来无穷的希望，表达改革开放后中国农民分到责任田的兴奋心情。写于1987年中秋节的《中秋纪实》，可以看出构思和词句，都有明显的向传统诗词歌曲借鉴学习的痕迹。又像《女妖诞辰》中“投我以眼神兮/报之以慷慨兮/投我以青春兮/报之以身外之物兮”的句子，不难使人联想到《诗经》的《木瓜》“投我以木瓜，报之以琼琚”的句子。从传统文化中吸取营养，用于表现现代生活，是黄海对诗歌传统的继承和发扬，也是他的诗歌特色之一。

纵观中国20世纪文学的历程，“民族化的执着”与“现代化的梦想”相互交织。新诗90年，一路摇旗呐喊，与民族的苦难、民族的解放和复兴，可谓息息相关。常言道，多难兴邦！灾难也能催发诗情。近年来众多的突发事件，唤醒了众多诗人沉睡的灵魂，他们走出个人的小圈子，为苦难承担，为真爱呐喊与歌唱，中国新诗重新呈现出一派晴朗的天空。正如2007年8月在青海西宁举行的首届青海湖国际诗歌节上，全世界的诗人们在《青海湖诗歌宣言》中，发出了共同的声音：“诗歌是人类话语领域最古老的艺术形式，因而也是最具有生命力和感染力的艺术。无论过去和现在，诗歌都是不可或缺的。它是滋润生命的雨露和照耀人性的光芒，只有它能用纯粹的语言，把一切所及之物升华为美。”如今，我又高兴地看到，黄海以其人生追求和艺术创造，成为“把一切所及之物升华为美”的诗歌实践者，他的人生必将呈现更加美好的景象。

（原载《文学自由谈》，天津，2012年1月）

（作者系著名诗人、中国作家协会副主席）

桂林春耕图

一双双亲近泥土的手
向左插一行希望
向右插一行希望

老水牛耕一幕烟雨
布谷鸟唱遍每一村每一户
层层叠叠 纵纵横横
擦擦眼也就绿了

（载《蛇口消息报》1991年5月20日）

【吉狄马加点评】诗中有画是中国古典诗词的优秀传统之一，诗中的画境与画中的诗境经巧妙的组合，成为诗画创作的一种境界追求。新诗创作能否做到“诗中有画”，可以看看诗人黄海的《桂林春耕图》。这首诗用“插、耕、唱”三个动词，就把春耕的繁忙景象点画出来，而“插一行希望”的“希望”一词，既借指秧苗，也象征农民心中的期望。春天给大地带来无穷的希望，绿了的不仅仅是秧苗，还有农民心中的“希望”。一个“绿”字，揭示了十一届三中全会后中国农民分到责任田的兴奋心情。

中秋纪实

伸手
拧一下明月
抿口味美思
皮笑肉不笑

月已非去年月
我却是去年我
记忆生锈了
美丽拖着一匹黑猫
乱窜乱跳

香烟缭绕
月娘也抽555
七星伴月柚子芭蕉
祈愿的生长期很长

玫瑰园新居
纸炮惶惶地炸响

月魂震荡

耳膜长满青苔
温柔灌不进去
家信火热火热
烫熟两颗心

尼龙躺椅
无花阳台
海风挺写意
甜夜
上帝的明眸
嫉妒地盯着
杯盘狼藉

【吉狄马加点评】写于1987年中秋节的《中秋纪实》，可以看出构思和词句，都有明显的向传统诗词借鉴学习的痕迹。

女妖诞辰

歌声赞美之词
一排排地升起
黑暗泛起柔光
金环蛇银环蛇
弯弯曲曲地扭动
在那神神秘秘的地方

自作多情的灵类
左右逢源的精英
夜莺以纤纤十指之舞
引海鸥绕场而翻飞
投我以眼神兮
报之以慷慨兮
投我以青春兮
报之以身外之物兮
匪报也舞蹈舞蹈

赞美造物者！

歌唱柔美者！

快乐寂寞者！

【吉狄马加点评】回归诗歌传统，是中国新诗发展的新动向，也是必由之路。像《女妖诞辰》中“投我以眼神兮/报之以慷慨兮/投我以青春兮/报之以身外之物兮”的句子，不难使人联想到《诗经》的《木瓜》“投我以木瓜，报之以琼琚”的句子，所不同的是黄海在这里描述的不是《诗经》里的男女纯洁爱情，而是讥讽一些人纸醉金迷的生活。从传统文化中吸取营养，用于表现现代生活，是黄海对诗歌传统的继承和发扬，也是他的诗歌特色之一。

选票上的太阳

【题记】1987年6月的一天，蛇口工业区改组管委会，差额民主选举董事会，填票说明，请在你同意候选人当选的名字下方打一个〇号。

“〇”

抽象

　　简单

简单

　　抽象

“〇”

是表示集合的图示法

是$X^2+Y^2=R^2$的轨迹

是国际音标OU的字母

是特殊的有理数

是语气停顿的符号

是3.1415926的祖冲之

是白卷英雄的“桂冠”

是线性规划的初始条件

是逻辑学的不相容概念

是情人眼睛里的月亮

是毕达哥拉斯的美的形状

是零

是虚无

是充实

是圆满

“○”

在选票上

是太阳

（载《华夏诗报》第62期、《诗刊》2002年8月下半月刊）

【吉狄马加点评】诗歌的构思是指诗人在进行诗歌创作时的思维活动，是诗人捕捉灵感，选取、提炼、酝酿、确定思想主题的过程，其目的在于探索最富于诗意的表现形式和结构方式。诗人黄海的诗歌构思是独具艺术表现力的。《选票上的太阳》这首诗抓住选票上的一个细节，打一个“○”号，然后阐述了“○”在数学、语言学、逻辑学、美学、社会学、文字学等学科上的意义，显示了诗人知识涉猎的丰富性，最后画龙点睛“‘○’在选票上是太阳”，揭示只有真正实行民主选举制度，人民当家做主，民族复兴才有希望。

一只鸟的旅行

相信翅膀比脚步更辽阔
相信灵魂比肉体更有力
相信未来比当下更精彩
这是一只鸟离开窝巢的理由

穿越野蛮与顽愚
穿越混沌与秩序
始祖鸟 朝阳鸟
孔子鸟 中华龙鸟
这些都是鸟的不朽传奇
一只鸟 石一样坚硬
一只鸟 风一样轻柔
一只鸟 云一样飘逸

扶摇直上九万里
掠过人间城郭 红尘烟雨
一只圣洁的小鸟
降临东方圣地

花的世界 树的菩提

飞越 山不在高的山

飞越 水不在深的海

身未动 心已远

【谢有顺点评】诗的意念瑰丽，境界广阔。沿着这只鸟的飞行轨迹，穿越时空，让我们感受到东方文明古国的神秘魅力。“始祖鸟、朝阳鸟、孔子鸟、中华龙鸟”，中华原始鸟种类；“扶摇直上九万里”，李白诗句；“山不在高，水不在深”，刘禹锡《陋室铭》；“身未动，心已远”，好像是一句广告词——新诗不强调用典，但有时典故用得好，不仅诗风隽永，也会多一份神思。

锁和钥匙

在三山五岳的云雾里
我发现你
是如何不畏风霜疾雨
日落月出地坚守着你的领地
而我渴望成为你唯一的钥匙
进入你秘密的锁孔
去发现生命基因的秘密
在你波涛汹涌的起伏里
体验一种穿心而过的
美丽、丰富、幸福与神奇

就像走进林间的一条小溪
就像打开一瓶轩尼诗
就像阅读一本新出版的诗集
那林间的鸟语花香
那橡木的香醇与诗歌的精辟
那锁、钥匙和眉目的交响
融合成春天的妩媚

锁是钥匙存在的意义

钥匙是锁信守的秘密

【谢有顺点评】比兴是中国诗歌传统表现手法，朱熹说，“比者，以彼物比此物也”；“兴者，先言他物以引起所咏之辞也”。这首诗采用比兴手法，生动而含蓄地描写出年轻人美妙的爱情感受，赞美爱情的忠贞和生活的美好。新诗的写作如何从诗歌传统中吸收营养，这首诗做了有益的尝试。

有感于诗歌节

可以把诗歌分节
一节、两节、三节
像斑竹一样的节
节上有一些虫子在爬
嫩黄色的虫子
肥美的虫子
还有瘦长的虫子
它们在裸唱
尽管没有听众
它们一直在裸唱
那些竹虫一样可怜的虫子
过了油就变得香酥可口
也许冬冷之前
一些虫子可以变成茧蛹
迎寒风挂在枝条上
明春就可化蝶飞行
翩翩起舞在菜园子里
而不仅仅是香酥可口

【谢有顺点评】20世纪80年代，诗歌一度繁荣，进入新世纪后，诗歌热开始式微。但近年来，各种各样的诗歌活动又开始风靡全国，这是诗歌繁荣的先兆呢，还是诗歌被庸俗化、消费化的开端？这首诗以白描和调侃的手法，色香味俱全，可让读者会心一笑。

悠悠我心忧

鸟站立在水滨

在西溪湿地，河道纵横
我坐着快意的游船

一只白鹭，独脚站立在水边
傲睨而一动不动
全然不顾游船的欢呼
和喧闹中的孤独

游船疾驰而过
鸟依然站立在水滨
也许站立了千年百年
因此认识庄子和惠子
以及水里快乐的鱼
而我，只是匆匆过客

鸟站立在水之滨
游西溪，是鸟之乐
还是我之乐

【谢有顺点评】独立于溪边的鸟和潜游于水中的鱼，这些都是充满禅意的；而庄子和惠子之辩，又是充满哲理的，他们都是大自然的主人，唯游船与游人才是光阴匆匆的过客。

牵挂

秋实春华
每一棵树上都有牵挂
绿叶和鲜花是根的牵挂
小溪是深山的牵挂
鸟儿是树林的牵挂
月亮是太阳的牵挂
如果你愿意
你是我一生一世的牵挂

牵挂是一种折磨
折磨是一种幸福呀！

【谢有顺点评】每一棵树上都有牵挂，这是一个普遍的真理。以树的牵挂来借喻我对你的牵挂，表达我对你的爱意。这首诗尽管浅白，但感情真挚，意料之外又情理之中，不失为一首传统的爱情诗。

跟我走吧

相信翅膀对于天空
还存在着飞翔的涵义
相信理性对于自由
还存在着某种契机
相信一点点纯粹
就能燃烧血液

既然鸥鸟已站立成僵硬的岩石
大海已膨胀成一盆弱水
既然苍鹰的利喙已抵触住自己的胸膛
再生需要惊心动魄的自残
既然停不下思索的脚步
信念已消瘦成亮白的牙齿
既然海水已经漫过你的胸脯
而你的生命却属于大陆
既然没有了既然
那么
跟我走吧!

跟我走吧！

跟我到天边

不管天边在哪一边

跟我到永远

不管永远有多远

跟我走吧！

跟我走吧！

（载《面朝大海——2012年深圳诗歌大展》，海天出版社）

【程郁缀点评】这是作者献给北京大学两首自由诗中的一首。“爱国、进步、民主、科学”是北大的精神，要用诗歌形象来赞美和表达她，是有一定困难的。那年早下大雪，对于一直生活在南方的诗人，在白雪皑皑的美丽校园——未名湖畔，清早的寒禽在枝头不停地跳跃啼叫，诗人的灵感一下子被激活了。这首诗一开头就不同凡响，作者把自由的概念理解为翅膀与天空的关系，这种关系就是永远存在着飞翔的涵义，并且只要一点点纯粹就能燃烧血液！这首诗妙就妙在，既可当作爱情诗吟咏，又可作政治抒情诗朗诵。

香格里拉印象

一、藏歌之恋

香格里拉是我的故乡
香格里拉是尼玛的故乡
香格里拉是白度母的故乡
香格里拉更是雄鹰的故乡
嗡嘛哩玛尼訇!
嗡嘛哩玛尼訇!

香格里拉是太阳的故乡
香格里拉是月亮的故乡
香格里拉是星星的故乡
香格里拉是鲜花的故乡
嗡嘛哩玛尼訇!
高原之上是强巴肥壮的牛羊
高原之下是日夜奔流的金沙江
哦!远方尊贵的客人
待客的炭火已烧得火势兴旺
敬上一杯青稞酒祝你神清气爽

奉上一碗牦牛奶祝你幸福美满
端上一只烤全羊祝你心宽体胖
送上一条洁白的哈达
祝你的眼睛海子一样明亮

呵！遥远的风伸出透明温柔之手
拨动碧塔海原始森林的琴弦
奏起一曲天籁和声
高原、森林、雪山、湖泊、阳光
深情、远古、空旷、宏大、豪爽
哦！引吭高歌的康巴汉子
你是高原自由的歌手
香格里拉是你激情的知音

哦！香格里拉，醉心的家乡
扎西德勒，扎西德勒
兄弟祝你如意吉祥
嗬嘛哩玛尼訇！
嗬嘛哩玛尼訇！
嗬嘛哩玛尼訇！

二、白色之恋

登上了天界神川，我敢说
我的生命从此归属于白色
哈巴雪山挺拔孤傲的白色
虎跳峡狂涛怒卷惊心动魄的白色
白水台玉镜银屏神秘莫测的白色
碧塔海倒映浮云祥和宁静的白色
纳帕草原绵羊簇簇饱满生动的白色
尼玛烧制的牦牛奶浓香醉心的白色
经幡虔诚肃穆飘飘扬扬的白色
哈达吉祥如意的白色
阳光那充满灵性的白色

呵！白色！无色之色！
完美之色，纯洁之色！
呵！香格里拉的白色
是“赤橙黄绿青蓝紫”最完美的组合
是七色光谱七彩天虹最和谐的形式

呵！神秘米亚罗的白色

是我“知黑守白”灵魂之都的白色！

（2002年10月12日稿于云南中甸，载《诗刊》2005年10月下半月刊）

【程郁缀点评】这是当前新诗难得一见的好作品。受英国小说家詹姆斯·希尔顿《迷失的地平线》的影响，在人们的印象中，香格里拉是世外桃源，是鲜花的海洋，是神秘莫测之地，然而作者的感想却是独特的，这也可能是季节的关系，作者觉得香格里拉最美的是她的白色，并把白色写得丰富多彩，惊心动魄。登上了天界神川，作者的灵魂得到了升华，白色被升华为“挺拔孤傲的白色、惊心动魄的白色、神秘莫测的白色、祥和宁静的白色、饱满生动的白色、浓香醉心的白色、虔诚肃穆的白色、吉祥如意的白色、充满灵性的白色、无色之色！完美之色，纯洁之色！”最后竟演变成为“‘知黑守白’灵魂之都的白色！”真是寓意深刻的神来之笔！我们知道“知黑守白”是中国传统水墨国画的技法，知道“黑暗”，才能守住自己的一份“清白”，在现实生活中，“知黑守白”是多么难得的道德境界。

---

①“唵嘛哩玛尼訇”，经幡上的藏语，意为天神保佑。②“白度母”，雪山之神。③“米亚罗”，藏语意为浪漫。

鹿回头奇思妙想

地老的年代

天荒的岁月

你徜徉于山水之间

饥餐嫩草树叶

渴饮甘露清泉

没有爱没有恨

没有恩没有怨

翘首天空

那是一片惬意的星空呵！

天地悠悠

曾几何时

火把、螺号、吠声

把你从梦境中惊醒

你拔腿狂奔

爬山涉水

可是到了陆地的尽头

到了海角天涯

还是摆脱不了

那凶狠的猎人的追杀
哦！聪明的妖鹿
为逃避猎人的杀戮
竟演绎了一出
人和动物的爱情故事

当猎人执着的箭镞
和你摄人魂魄的回眸
成了第三产业的开发资源
当物欲和情感如洪水般泛滥
我多么渴望
回头的小鹿
依然是一只美丽的小鹿呵！

（载《特区文学》2002年第1期）

【程郁缀点评】这首诗真是充满奇思妙想！作者描写的似乎不仅仅是一个童话的、奇妙惬意的梦境世界，猎人与妖鹿竟然演绎一出人和动物的爱情故事，诗的结尾让人感到十分意外。妖鹿还其为小鹿，而不是一个美丽的姑娘，美丽的小鹿比美丽的姑娘更加令人可爱，为什么呢？值得读者回味与深思。过度的物质追求，使得人们的情感世界缺失，男女之间纯洁的爱恋，似乎成了遥远的牧歌。听说当年诗人站在鹿回头塑像前构思诗歌的时候，三亚街头的“三陪”女郎特别多，难怪诗人会突发奇想，“我多么渴望/回头的小鹿/依然是一只美丽的小鹿呵！”在物欲横流、感情泛滥的年代，出乎意料之外，却在情理之中。

开元寺掠影

木鱼傻笑偷懒的小和尚

牛仔裤给柔姿裙照相

（1988年5月20日稿于潮州）

【杨光治点评】一首题为《开元寺掠影》的两行短诗令读者忍俊不禁。木鱼“傻笑”是作者的主观感受，小和尚“偷懒”也许是实写，后句所描述的也是常见的景象。诗人将这一画面描绘出来，不发一句议论，然而却揭示了一个现实：改革开放后中国老百姓的生活富裕了，小和尚难免萌发还俗之心，神秘庄严的“尘外”世界如今已充满了人间烟火味。诗人的手法很含蓄。

工程师和他的妻子

你看，他是在跟谁kiss
哦!原来是一尊建筑模
妻子切菜的刀顿然停住
装作生气，嘴唇鼓鼓

这下我们的工程师可着了慌
赶忙奔过去捧起妻子的脸庞
“你……怎么了?你……
哈哈! 让我也给你一个kiss吧
正像我们初恋时在树林里一样!”

（1982年2月25日写于招商局蛇口工业区）

【杨光治点评】这首诗通过一个kiss，来表现特区建设者对工作的热爱和家庭生活的和谐，在盎然的情趣中展现出特区蓬勃生活的一角。这样的诗与那些打着“反崇高”、“下半身”等旗号的猥亵之作，有着天壤之别。

夏日周末·蛇口情人区

夕阳躺到山的海的摇篮里
月亮闪在你的我的眼睛里
咸乎乎的海风傻乎乎的夏日
拥抱低语手拉手爬微波山去

都说这里是浪漫的蛇口情人区
鬼知道这树林这草丛伏几对情人哩
山盟海誓互相猜疑都是庸俗的东西
不怕草虫不怕毒蛇要死就死在一起

垫着草被两颗心两只眼两点萤火虫
厚的嘴唇薄的嘴唇粘贴在一起啦
什么纯洁呀，神圣呀，坚贞呀，只配留在小说里
发烫发热发亮的东西是不用语言表达的

星星比月亮大却又比月亮小
谁明白这是些什么鬼道理
瞧这海湾一夜的灯火一夜的美梦

说不定海龙王想摆宴席想招女婿呢

不要将过去的荒芜同现在的繁华比
有种的就跟对岸比跟东京比跟华盛顿比
海上世界这个老船长强饰成美人鱼了
南海酒店却红装素裹花枝招展娇娇滴滴

谈一夜谈不完干脆在这里发一个梦
合同工临时工季度工轮换工不用区分
大家有爱有恨有喜怒有哀乐
人人有脑袋有手脚不用问达尔文

铁饭碗 银饭碗 金饭碗
光一个饭碗没有鱼肉米饭谁会稀奇
成功靠一双手吃饭靠一双手
老板你不顺眼要“炒鱿鱼”我不怕你

时间金钱效率生命暂且挂出阳台去
你我他喝啤酒谈恋爱看电视各求所需
谈工资谈房租谈发财谈人民币贬值
笑够闹够放松精神积蓄力气

流了六天汗翻了六下台历
翻来了文化沙龙新闻公布自由选举
都说来这里的人野心勃勃不可终日
原来只图上帝造完天地日月后的休息

周末踏着浪潮旋着身子向我们滚来
周末唱着明天会更好向明天走去
周末属于你属于我属于大家属于DISCO
周末属于啤酒属于爱情属于《阿信的故事》

（载诗刊社《未名诗人》1987年1月；《特区文学》2000年第4期）

【杨光治点评】将情人们亲昵的动作、心态、语言“捕捉”入诗，在描绘的过程中渗进议论，真实地反映蛇口的社会生活氛围，对时下流行的恋爱观进行了批判。

题蛇口女娲补天塑像

挺举岩石般的传说
凝望北极臭氧层的洞穿
你觉得太沉太累
你是纤纤女子
只向往作优雅的飞天

历史无声
滑过时光斑驳的长廊
刽子手的狰狞和就义者的悲壮
令山川动容，地裂天崩
人类的血雨腥风，证明了许多
造物者也赎不回的遗憾
潮起潮落，大浪淘沙
新的浪潮正鼓动着新的背叛
而你，早已厌倦这永恒的挺立

当老船长在岸边打瞌睡
红男绿女在你身旁喧闹留影

卡拉OK和比基尼

散发出国际都市的魅力

你仙境思归

以处子的信念和忧伤

寻觅顶天立地的男子汉

（载《蛇口消息报》1990年8月13日）

【杨光治点评】神话传说中的炼石补天的女娲，向来被公认为华夏民族的第一号“女强人”；蛇口海边所竖立的巨型雕像，也依照传统的观念，着意凸现出她的雄豪和刚强。然而，在黄海的心目中，这位功勋盖世的女神却是一位“觉得太沉太累”、“早已厌倦这永恒的挺立”、“只向往作优雅的飞天”的“纤纤女子”，这一想象可谓前所未有。诗这样结尾：“你仙境思归/以处子的信念和忧伤/寻觅顶天立地的男子汉”，作为女性的女娲完全有这种“寻觅”的权利，这一联想很自然。诗将女性的本能还给女娲，同时在字里行间似乎还隐寓着人世间缺乏“顶天立地的男子汉”的叹息，立意新奇而又不悖情理。从这可看出，黄海已经认识到创造新鲜的艺术形象，不仅仅是为了给读者带来惊喜，而且是为了将自己对人生的独特感受和发现更鲜明地表达出来。

北京和一个诗人（外一首）
——兼怀念诗人何其芳

一枝芬芳的诗笔
描绘一个芬芳的名字
一个十八岁的诗人
恋着十八岁的北京
你好，《我的北京的夜晚》
你好，《我的北京的早晨》

如今北京仍然十八岁
诗人却归尘归土作别了故人
唯有诗人相识的大瓣花
就站在北京的肩头
作百鸟状的啼叫
迎接诗人的后来之人

北京不用挤眉弄眼
就足够让你怀念一辈子

长安街是一条河

合欢树伸出绿色的小手
想触摸这明净的天空呵
长安街
花朵一样的街灯
街灯一样的花朵

极目苍宇，俯首城郭
车水马龙是奔流不息的河
从周口店趟过来的巨人
正在摸着石头过河

河那边的世界
会是一种什么样的生活？

（载《中国诗人通讯》1999年第5期）

【黄锦奎点评】毫无疑问，诗人何其芳是诗人黄海的偶像。何其芳是中国现代最纯真、最富有抒情色彩的诗人。联想到何其芳给北京留下的许多优美的诗篇，如今物是人非，只有当年诗人朝夕相处的花朵，仍然绽放在北京街头，迎接着“我”的到来。“北京不用挤眉弄眼/就足够让你怀念一辈子”，诗人把北京拟人化了。第二首诗只用两行“花朵一样的街灯/街灯一样的花朵”，就写活了长安街的景物。应该说现代科技突飞猛进，卫星探测、激光制导、信息技术、太空工程等等，凭借先进的科学技术和文化知识，人类的行为和决策，有其预见性和科学性，“摸着石头过河”只是大胆改革开放的一种比喻。最后，诗人出于对改革开放的无限憧憬，发出了“河那边的世界/会是一种什么样的生活”的向往，令人心往神驰。

见贤思齐

船员与海

领到海员证那天
你的命运就属于海了

海的日子没有月历
只有航标、暗礁、恶浪
只有似曾相识的海鸥
千里之外，相随相送

那天你假期届满回船
站在船舷你睁眼闭眼
都望见海岸上有红手绢
飘飘扬扬
你便害怕海怨恨海了
海呵，海！
你使他得到太多
也失去太多

醉躺在甲板上

满天都是

摇摇晃晃的海星星

你长长地舒了一口气

为着她两口子过上好日子

这辈子注定离不开海了

（载《深圳航海》杂志1991年第2期）

【黄锦奎点评】在这首诗中，诗人把船员“向往大海—怨恨大海—接受大海”的心路历程描写得真实感人。大海的生活并非是充满诗意的，而是艰苦的、危险的、孤独和寂寞的。“只有航标、暗礁、恶浪/只有似曾相识的海鸥/千里之外，相随相送”。大海使他成为一个真正的男子汉，却隔断他和家人的距离，尽管如此，“这辈子注定离不开海了”。这首诗虽然没有豪言壮语，但却令我们感觉到船员大海一般宽广的胸怀，他们是值得我们赞美和歌唱的。

诗歌之树

南方的土壤北方的种子
哺育着充满生机的诗歌之树

坐在树下我给你写诗
望着挂满树梢的诗歌精灵
唐诗是写给你的浪漫
宋词是写给你的意境
元曲是写给你的委婉
新诗是写给你的激情
而被秋姑的小手摇晃着的树叶
每一片都是惠特曼式的抒情

哦！诗歌之树！诗歌之树
让我们在你的衣冠之上构筑
不能躲避人生风风雨雨的小巢
却能遥望大海喷薄的日出

（载《特区文学》1999年第3期）

【黄锦奎点评】这是一首经典式的诗歌，它是诗人黄海继承新旧体诗歌传统而创造的新理念现代主义诗歌的代表作。“坐在树下我给你写诗”，简单、生动、明了却诗意盎然。因有“望着挂满树梢的诗歌精灵”这一句作为铺垫，“唐诗、宋词、元曲、新诗”作为借喻的礼物，就显得合乎情理了。这是一首好诗，令人回味无穷！

我心飞翔

荔枝树下

此刻阿婆就坐在荔枝树下，
她的头顶开满黄灿灿的荔枝花；
三月的阳光像喝足娘酒一样惬意，
往事如荔风，清爽而无际无涯。

好像就是在昨天，
阿婆在树阴下做针线；
那棉线多么悠长呵，
竟然拴住了村里的一位后生！

知了唱起了山歌荔枝就红了嘴唇，
阿婆十八岁的身子比荔枝更饱满更迷人；
后生与阿婆相会在荔枝树下，
月亮躲在树梢露出羡慕的眼神。

幸福的日子就像剥开荔枝皮一样简单，
可日本鬼子却偏偏闯进了阿婆的家乡；
后生抬头望望枝头鲜红鲜红的荔枝，
扛起祖传的火药铳跟游击队上了山。

东江水呵，为什么把日子流得那么快？
转眼荔枝花开又结果，结果又花开；
阿婆坐在荔枝树下等呵等，
那后生却一直没有回家来。

终于解放了，后生的家成了光荣之家，
接着分田地、造梯田、修水库、公社化；
阿婆的胸口不知戴过多少次红花，
媒婆把门坎石踩扁了，阿婆却一生未嫁。

大炼钢铁时阿婆当了一回“落后”的典型，
要砍荔枝树当煤烧她死也不答应；
荔枝树是阿婆的爱情之树呵，
那荔枝树就是那后生的化身！

贫穷的日子过得比荔枝核还苦涩，
逃往香港的年轻人堵也堵不住；
阿婆坐在全村唯一的荔枝树下，
眉头紧锁，口中念念有词。

后来逃港的人陆续回到村子，

开始改革开放，开始勤劳致富；
工业村、科技村、荔枝村、文明村……
好日子如荔枝蜜一样香甜丰足。

现在三月的荔枝花开得累累馥馥，
阿婆仍然坐在荔枝树下想心事；
那后生一直活在阿婆心里呵！
与她长相厮守——那棵荔枝树！

（载《诗刊》2002年8月下半月刊）

【黄锦奎点评】《荔枝树下》是2002年黄海作为中国诗人宝安采风团成员所创作的一首叙事诗。它通过对荔枝这一南方颇具特色的果树的精彩描写，从抗日战争写到改革开放，娓娓动听，深入描写阿婆的凄美爱情故事，揭示阿婆的命运与社会变化息息相关，赞美阿婆人生追求和改革开放的伟大成就，体现了作者对爱情和生命的终极关怀。从当了一回落后的典型，到坐在全村唯一的荔枝树下想心事，别具匠心。而改革开放后的翻天覆地的变化，作者只用两句诗“工业村、科技村、荔枝村、文明村/好日子如荔枝蜜一样香甜丰足”，就交待得一清二楚，这不得不佩服作者驾驭诗歌语言的能力。荔枝树作为阿婆的爱情之树，最后与她长相厮守。叙事诗在中国新诗史里占有重要的地位，但近年来好的叙事诗却极少见了。黄海的这首叙事诗，构想精巧，取舍有度，感情丰富，像一出优美的电视抒情散文诗，读之令人感动！

参观古罗马斗兽场

如果这是人和动物的公平格斗
面对饥饿到极点的猛兽
给你一把藤盾和木棍
你的双腿是否会瑟瑟发抖?

人
视不如鹰，动不如猫
飞不如鸟，游不如鱼
跑不如马鹿，力不及狮虎
然而，人
为什么是万物之主?

穿透罗马古城的残圩断墙
滴血的惨叫和动物的咆哮
还在高墙四壁萦绕回响
斯——巴——达——克——斯
“不要做奴隶，要做自由人!”
亚平宁山峰永远传颂你的英名

如果历史不相信假设
为什么社会充满偶然性
如果千万年以后
前来凭吊和观光的
不是人类而是其他动物
那么，地球会是什么样子？

【黄锦奎点评】欧游组诗是黄海诗歌创作的新亮点，这些诗歌似乎说理性强烈了一些，减弱了诗性的本真探求，但读起来还是饶有兴味的。这首诗使人联想到诗人艾青的名作《古罗马斗兽场》，艾青描写古罗马斗兽场的残酷，对“文化大革命”残酷斗争进行反思。而黄海的描写角度似乎有些不同，他更着眼于人类与自然的理性思考。联想到工业化过程中，人类对地球资源肆无忌惮的破坏和掠夺，对野生动物的残酷杀戮，我们不禁要棒喝一声：人类会是地球永远的主人吗？！

追寻

鱼翔浅底
江河 大海 湖泊
它苦苦追寻
水的声音
水的颜色
水的真谛
它追寻了一辈子
它死不瞑目
它说：水在哪里呀！

鹰击长空
日月星辰与它为伴
风雷雨电为它壮行
云霞虹雾为它锦绣
它展翅翱翔了一辈子
追寻到的只是
大地上的自我投影

（飞鱼的精魂）：

假如我是雄鹰

我就能背负青天

追寻

江河 大海 湖泊

（雄鹰的精魂）：

假如我是飞鱼

我就能跃出水面

追寻

蓝天 日月 星辰

（载《特区文学》2001年第3期）

【黄锦奎点评】这是一首充满“丰富的思考力、概括力和想象力”的诗作，其所展现的图景是宏大的叙事。当代中国正处在伟大的转型时代，单元划一的事物正向着多元化和复杂性转化，一切的可能与不可能都游离于两种不同的系统之中。正如鱼和鹰处于透明纯净的水和高远的天空一样，鱼在水里找不到水的影子，而鹰在天空却见不到天空的存在。只缘身在此山中，这是认识客观事物的局限，而它们的精魂，却有转换位置的强烈愿望。转换位置的结果是悲剧还是喜剧，留给读者自由想象的空间。这首诗集中表现现实物象又高于现实物象，具有丰富的想象力和哲学象征意义。

试管婴儿

曾几何时
人类想在试管里
创造人类
人类
认识了DNA
认识了染色体
人类认识了生息规律
决心要战胜自然
超越自己

人类把劳作的学问叫作经济
而经济有许多儿子
自然经济、商品经济
计划经济、市场经济
还有一个新生儿
奶名叫试管婴儿
正名叫特区经济

中国的试管婴儿十岁了
其足音震天动地
世界刚刚从冷战中醒来
便争先传阅她的名字
感叹她的能量和吸引力

在地球的东半球
试管婴儿将建立起一座现代神话
她告诉世界上所有的人
中国人有志气有能力
试管婴儿并不孤独
她拥有十多亿姐妹兄弟
她将一日千里
宣告中华民族新的崛起

（载《蛇口消息报》1991年1月14日）

【洪洋点评】1984年6月8日，在沿海部分开放城市经济研讨会上，蛇口工业区创始人袁庚同志在论及世界科学技术新动向、新变化时，谈到把精子和卵子放到试管里去受精培育的例子，后来新闻媒体就把蛇口工业区比喻为“试管婴儿”。这首写于蛇口工业区成立10周年之际，发表于1991年1月的诗歌，这样写道：“人类认识了DNA / 认识了染色体 / 人类认识了生息规律 / 决心要战胜自然 / 超越自己”，DNA即脱氧核糖核酸，到了新世纪才为人们所津津乐道，而诗人黄海提前10年就把“DNA”和“染色体”写到诗里去了，这不能不佩服作者的诗外之功！

同一个梦想

心距

那晚你说要考一考我
距离最远的是什么?
距离最近的又是什么?

我卖弄学问回答说
距离最远的是银河
从银河这边到银河那边
相距数十万光年
距离最近的是直角坐标系上
两个完全重叠的函数点

你狡黠地嬉笑
并伸手捏住我的鼻子
——傻瓜!
距离最远的是心距
距离最近的也是心距呀!

(载《特区文学》1999年第3期)

【洪洋点评】在这首爱情诗中，为了把主题写得更有意思，诗人黄海竟然“卖弄”起天文学知识和高等数学知识来，诗写道：“距离最远的是银河 / 从银河这边到银河那边 / 相距数十万光年 / 距离最近的是直角坐标系上 / 两个完全重叠的函数点”，距离最短的就是0距离，高等数学上的表达即是“直角坐标系上两个完全重叠的函数点”。我们惊讶于诗人知识的丰富性，强烈地感受到黄海的诗外之功。

妙境

格林威治的时光之旅

在泰晤士河的旁边
格林威治有一条“本初子午线”
这是一条神秘之线
切西瓜似的切出两个半球
左脚是西半球
右脚是东半球
这里时区被设定为零
海盗却在这里校对时间

没有人知道
时间的本质是什么
如何准确地描述它
它不是漏滴
也不是钟摆
却与我们息息关联
抛弃时间的人，时间将抛弃他

时间产生于宇宙爆炸
时间收缩于宇宙坍塌

对于时间
我们无可奈何花落去
对于时间
我们似曾相识燕归来

时间和距离
构成生命消亡的函数线
如果允许以光速作时光之旅
空间在缩小、缩小
时间在弯曲、弯曲
让我重返过去
去修补后悔与无知

遥望浩瀚的星空
是谁发出这样的浩叹
如果没有人类
时间的意义何在？
如果没有时间
生命的意义又何在？

【洪洋点评】在《格林威治的时光之旅》一诗中，诗人写道：“时间产生于宇宙爆炸 / 时间收缩于宇宙坍塌……时间和距离 / 构成生命消亡的函数线 / 如果允许以光速作时光之旅 / 空间在缩小、缩小 / 时间在弯曲、弯曲 / 让我重返过去 / 去修补后悔与无知”，这些诗句中，诗人竟探索起时间、空间、生命等等的本质来，字里行间蕴涵着丰富的天体物理学知识。

壶天

锦绣中华长城吟

你是含泪带血的纤绳
勒在我们民族瘦壮的肩胛上
你是骚动不安的巨龙
千百年来喷吐痛苦的呻吟
你是古老而铿锵的音符
震碎无数架紧张希冀的竖琴
你是古战场受伤卧地的壮士
用鲜血信守祖先永恒的格言
你高举一个火红的理想
独立苍宇，挥舞龙蛇之剑
呐喊着中华民族不屈不挠的图腾

你在血雨腥风中屹立了多少年
匈奴的铁蹄摧毁不了你伟岸的身躯
而你却在纤纤女子的啼哭声中颤栗
你面如土色，沉默了多少年呵
当改革思潮汇合成历史的洪流
中国重新开放出一片明朗的天空

大鹏展翅，巨龙翻身，举世震惊
中华民族的航船驶出浅滩进入新的航程
你蹒跚了五千年，终于到达新的起跑线
当十多亿双挺直如林的手
再一次把你高托头顶彳亍而行
你终于从冥冥符咒中醒来
你开始滚动如潮，呼风唤雨
长城啊，你砖石似的心胸
开始掀动如大海的狂涛
多少英雄豪杰，多少可歌可泣
为你献身，为你流血，为你腰折
你怎么能是睡龙病龙死龙呢
你怎么能不是龙而是虫呢
你应该呕出中华民族胸腔的瘀血
昂天长啸，发出震天动地的咆哮
让全世界重新认识你
认识你的博大精深
让我们能给子孙后代留下
振奋人心的故事
让中国这个名字再次响亮起来

当我们二月踏青锦绣中华园
在你高大巍然的身影下抚今追昔
掬一勺孟姜女清冽如泉的幽怨
清洗我们脸颊上的昨日伤痕
深圳湾的早潮涨湿了我们纷纭的思绪
梧桐山的晨曦照亮了我们坚定的道路
我们是长城的儿女，长城的后代
长城，记载着我们民族的荣辱
长城，鞭策着我们龙的传人龙的民族

（载《招商局》杂志 1991年7月、《深圳商报》2007年10月6日）

【张同吾点评】黄海的诗，题材多样，视野开阔，情感浑厚，他的诗思在历史的天空驰骋，在文化的海洋遨游，营造出一种天朗海阔的意境。他这样讴歌长城："你是骚动不安的巨龙/千百年来喷吐痛苦的呻吟/你是古老而铿锵的音符/震碎无数架紧张希冀的竖琴/你是古战场受伤卧地的壮士/用鲜血信守祖先永恒的格言/你高举一个火红的理想/独立苍宇，挥舞龙蛇之剑/呐喊着中华民族不屈不挠的图腾"，尽管语言并不十分妥帖，然而却雄浑有力。

信仰

一群逐日迷途的孩子
发现记错了回归的路径
便声称宁愿不要记忆

宁愿信任温暖的太阳
也不信任自己
结果都跳进了
太阳坠落的地方
——大海

（载《蛇口消息报》1992年5月11日）

【张同吾点评】黄海的短诗《信仰》是对历史的沉思，如此简约而犀利，它绝非在一般意义上反对信仰，而是揭示出扭曲的历史怎样扭曲人的灵魂。

画像游戏

一张白纸挡住你的眼睛
另一张白纸挡住我的眼睛

我们都是白日的瞎子
掌声在哈哈地笑我们

想透明早就想得发疯了
偏偏没有豹胆挖破薄薄的一层纸

一张白纸，没有负担
好写最新最美的文字
好画最新最美的图画

彼此捉摸形象天真地画着
鬼知道会画出个猴头马脸面目狰狞

遗憾深深地埋葬了心愿
我们却捧腹笑出了泪泉

（载《蛇口消息报》1991年8月12日）

【张同吾点评】谁都知道“一张白纸，没有负担/好写最新最美的文字/好画最新最美的图画”，这流贯天地的宏言伟论，并没有穷尽全部真理，诗人发现“一张白纸”也能“挡住你的眼睛”，“挡住我的眼睛”，这样“天真地画着”，“鬼知道会画出个猴头马脸面目狰狞”。是的，我们曾经这样天真地画过，画亩产万斤小麦、画肥猪比大象还大、画小高炉遮天蔽日。历史已成陈迹，面对繁花似锦，这类诗歌仍有警世意义，启示我们要尊重科学，尊重规律，关心人民命运。我曾经说过：“一个富有历史感的诗人，都会把历史视为一种记忆的参照和在记忆参照中建立起价值体系，而历史感就是人对历史的深层情感反应，其主要对象是在历史过程中产生的物质文明和精神文明。”

无弦琴

梦回故乡之路

不要朝故乡的方向张望
故乡已日渐辽远陌生
不要将故乡的传说收藏
那些捉襟见肘的情节
再也感觉不到多少新鲜
但故乡呵！
你仍像一颗燃烧的流星
刻骨铭心地击中我
我的头脑骤然爆炸
恐龙悲壮地绝迹

哦哦！没有退路
我已找不到故乡的归程
哦哦！不要回头
故乡就在前方

迷失故乡，梦回故乡
当我背负着大包小包的思念

突然出现在你的面前

故乡，不要用奇异的眼光打量我

我是你流浪暂归的孩子

不是你凯旋而归的英雄

（载《特区文学》1999年第三期、《诗刊》2000年第12期）

【张同吾点评】黄海把故乡视为灵魂的寄居之所，虽然离开故乡多年，却仍然情回梦萦，“当我背着大包小包的思念/突然出现在你的面前”，真有贺知章那种“少小离家老大回”的感觉，那么陌生而又那么亲切，他说：“我是你流浪暂归的孩子/不是你凯旋而归的英雄”，不仅是赤子情肠感人肺腑，而且可以窥见在他的心中有浓浓的传统文化的浸润。就表现手法而言，大多以描绘型意象为主，时而有隐喻和象征，亦虚亦实相得益彰。

暴雨的颤栗

【题记】2000年4月13日，深圳地区普降暴雨，每小时降雨量达300至400毫米，为新中国成立以来之最。一个建筑劳务工外出看守工地，其妻儿女3人住山沟窝棚，当夜为山洪所吞噬……

水是生命之源

在天为云

落地为雨

一夜的行雷闪电

一夜的滂沱大雨

山沟工棚，城郊一隅

两个孩子依偎着母亲

“阿妈，阿爸呢？”

“阿爸看守工地去了”

“阿妈，阿爸建高楼，

为什么我们不住高楼？”

“傻仔，高楼是城里人住的”

“但高楼是阿爸建造的！”

男孩子不服气！

女人疼爱地抚摸着男孩子的头
暴雨声淹没她轻轻的叹息
而此时，山洪正张开血盆大口……

清晨，归家的小鸟
找不到温暖的小巢
一个男人
在大雨中嚎叫
他时而顿足捶胸
时而仰天狂笑
他分明看见
大雨滔滔
他的女人和孩子
正住在摩天高楼

【任芙康点评】一件真实的突发自然灾害，揭示出社会转型期的贫富悬殊，体现了诗人悲天悯人的情怀。而面对孩子幼稚的发问："阿妈，阿爸建高楼/为什么我们不住高楼？"相信多么能言善辩的人，也会无言以对。

左右脚步

一天我突发奇想
问妈妈我邯郸学步时的模样
迈出的第一步是左脚还是右脚
妈妈透过老花镜片
一针挑穿了我的心思，说
不是左脚就是右脚嘛

后来我学会了踩单车
也就无所谓左脚右脚了
只管做圆周的运动
划出两条弯弯曲曲的轨迹

再后来我学会了开汽车
四只轮子便同左同右
或左拐弯时偏左
右拐弯时偏右

当我不能踩单车又不能开汽车时

又要左右左右地走路了

蹒跚在人生的道路上

未知踏出最后的一步

是左还是右

【任芙康点评】什么叫“左”倾？什么叫右倾？相信大部分人都没兴趣搞清楚，但左右之分，影响了很多人的命运。有人说，左是认识问题，右是立场问题。其实，左右都是手段问题。这首诗以一个人学走路、踩单车、开汽车，到年老回归走路的过程，揭示出的哲理，令人深思。

狼性

一把老套筒瞄准
两只不同性别的饿狼
等距对峙一堆肥肉一摊鲜血
四只兽眼喷射出欲火
很多世纪了始终没有动静

狼们互相问候说饿吗
狼们互相安慰说不饿
太阳和月亮你追我赶
奔涌的时光凝固冷却了
狼的生理机能逐渐虚弱

后来狼很悲壮地死了
老猎人拾得两张狼皮
顺便将这个故事扛回去逗孙子

【任芙康点评】这首诗象征意义十分强烈。“狼性”象征人类的欲望，“老套筒”则象征传统的道德桎梏。灵魂和肉体也许是难舍难分的一对矛盾，欲望无时无刻不在膨胀着，窥视着人们脆弱不堪和疲惫不堪的灵魂。

疯狗

银闪闪的鸽哨消失了
那天你发现满天鲜血
便歇斯底里地呐喊
你精湛的表达
竟没人能够破译
你急得眼珠掉到地上
人们却远远地躲你
啐你是一条疯狗

你开始惬意地流浪
阳光正晒着发霉的日子
街头你给过路人摇尾巴舔皮鞋
一个阔佬蹬了你一脚
慷慨地赏你一串人肉沙爹
一个赤足孩子远远地凶凶地盯着你
你咂咂地咀嚼
(真想告诉那孩子)
肉——味——很——香

【任芙康点评】诗中的 “人肉沙爹”，会使人联想到鲁迅《药》中的“人血馒头”。世人皆醒我独醉，如果道德沦丧，企望坚守明亮的“鸽哨”而不被人唾弃，似乎是天方夜谭。

虎项金铃谁解得

夜归

五十四张纸牌
叩响螺旋的空间

拧开自我的世界
摸亮一片漆黑

掖着一个冰冷的冬天
钻进月亮温柔的梦乡

【任芙康点评】夜深回家，万籁皆静。“叩响螺旋的空间”表示登楼，“拧开自我的世界”表示开门，“摸亮一片漆黑”表示开灯，从“冰冷的冬天”到“温柔的梦乡”表示休息。情致盎然的诗句，似乎又是在描述人生不同阶段和境界。

醉汉与母猪

一、醉汉狂歌

说：曹孟德横槊赋诗解愁杜康

道：陶靖节金菊佐酒又重阳

唱：王翰拙抱琵琶醉卧沙场

叹：李太白千古寂寞万世绝唱

海王金樽+ H_2O +乙醇

乙醇+乙醇+杜康+杜康

老和尚江边打坐数船帆

小牧童打闹小山岗

师傅呀，数了多少只船？

两只船呀，两只船！

一只叫“名”，一只叫“利”啊！

妙啊！妙！真有你的，干！

干！干！干！干！干！干！

海王金樽+乙醇+乙醇
乙醇+乙醇+杜康+杜康

过去想吃喝没有机会
现在有了吃喝嫌那个太累
放眼世界看那个未来
吃喝玩乐第三梯队
妙啊妙，干！干！干！

二、母猪自嘲

咱们是猪、猪、猪、猪
饱食终日无所事事
任人宰割任人凌辱
就连英明神武的老祖宗猪八戒
西天取经，历尽艰难险阻
却成古往今来被取笑的对象
笨拙是咱族类的代名词

咱吃的是残渣剩饭
却与世无争，长膘肥壮

蚊虫鼠辈徒奈我何呀！

咱皮实肉厚，满心欢畅

三、与猪共眠

头重脚轻分不出夜的深浅

母猪一家的酣睡梦幻一般吸引

醉汉摇摇晃晃误入猪圈

与猪共眠

躺在母猪充满慈爱的怀抱

醉汉梦忆母亲和童年的美好

模模糊糊间头颅欲裂口渴难耐

朦朦胧胧间嘴巴叼住了母猪的奶头

一束遗忘的刺激味道

直注醉汉的咽喉

丝丝的酸、丝丝的甜、丝丝的咸

还有丝丝的腥和膻

醉汉刹那间轻轻飘飘、晕晕眩眩

母猪说：可怜的人啊！

好好地吮乳吧，忘掉你的忧伤与痛苦

天亮了

邻居发现猪圈里多了一头猪

【任芙康点评】相传上古时杜康酿酒，华夏的酒文化，源远流长五千年。曹孟德慷慨悲歌："何以解忧，唯有杜康。"中国目前白酒年产量为全球之最，白酒消费的国人达三亿之众，令世界瞠目。第一节"醉汉狂歌"，写出醉汉的窘态毕露；第二节"母猪自嘲"，写母猪的与世无争；第三节写醉汉与母猪同圈共眠，导致"天亮了/邻居发现猪圈里多了一头猪"。这首诗隐喻味十足，当令"酒仙"、"酒神"们幡然醒悟才是。

登临天安门城楼挥一挥手

十块钱买张门票
就能登临天安门城楼
面向人群嘈杂的天安门广场
就着迷茫的空气平凡的阳光
挥一挥我的右手
没有旌旗招展一呼百应
却有一份意想不到的满足感

所谓巨人的挥手
原来就是这么简单

（载《中国诗人通讯》1999年第5期）

【黄承基点评】这首带有调侃色彩的诗歌，表现手法极不简单，它随处可见凝固的风云与哲思。“十块钱买张门票”，让历史的威仪奚复何存?神权与百姓在同一天平上取得了平衡。然而，诗人并没有将遍体鳞伤的心收藏起来，“嘈杂”、“迷茫”，让其心情回到了冰点，此时他的手与伟人的手，找到了历史的汇合点，心情显得敏感和哀伤。“原来就是这么简单”，将不简单的东西理喻为简单，本诗的结尾充满了一个巨大的解读的契机。诗到此，言尽而意无穷，很自然地突出了诗语的启示作用与文本意义。

致雪莲

你是北方的雪莲
却长在我温暖的心坎上
我的感触不是寒冷
而是阳光灿烂

南方不是雪莲的故乡
你的冰肌也许会颤抖消溶
然而你说这就叫作牺牲
我仰望深不可测的星空
感觉到摇晃着前进的月亮
也爱意缤纷

（载《特区文学》2000年第4期）

【钟永华点评】与黄海接触，会让人觉得他是一个纯净且具有某种风骨而不俗气的人，同时又具有较为丰富的心灵世界，以及又有较能自如地驾驭诗歌语言艺术的诗人。随意引一首《致雪莲》，诗意盎然，才气十足。如把它作为一篇散发着迷人气息的爱情诗，其意味在于婉转地徘徊于欲尽未尽之间，内涵丰盈而韵味层出，诗语亮丽而充满梦幻。有这种美丽心境的诗人，有这种精于炼句的诗人，还愁写不出好诗么？

东方之舟

奋力爬行了千年百年
总想摆脱那条浅浅的河
紧追进击鼓
旌旗招展成炫眼的风

海枯石烂，水滴石穿
那回荡吆喝的中国之河呵
流淌的何止是血泪与悲哀
(还有愤怒呢，欢乐呢)
屈大夫，你平直的身躯
已离骚成东方之舟了

翘起希望的龙头
东方之舟不进则退

（载《特区文学》2000年第4期）

【钟永华点评】读黄海的诗，除一眼认定其有较突出的、先天的诗的灵气之外，更重要的是执着和勤奋，就是诗人修养所必须具备的素质和追求的勤奋。读他的诗，你就会感受到他对中国某些优秀古典诗词和现代新诗的熟悉和理解，你就会感受到他对其中精华的消化、提取、吸收和应用，且在应用中有所发现和创造，并不露痕迹，令人耳目一新。试析《东方之舟》，这样的抒情与表现，如果没有较为深厚的诗学素养，没有对生活的认识和开掘，没有对时代精神的敏感和把握，能以如此寥寥之12行诗，表现出这样一个令人寻思的、重大而深刻的主题么？

图南

星星和鲜花

——写给“海上世界首届全国城市花展”

我们的

矮矮的

笑眯眯的

胸有成竹的

家长

曾经留下

兴致勃勃的笔墨

“海上世界”

从此之后

游客们总喜欢

把笑脸同她印在一起

有一天

来了一群家庭成员

(据说他们都是市长呢)

奉来

一座座城市的象征

一张张青春的笑颜
一簇簇生命的原色
海上世界
花的世界

看
红色的波浪里
飞来一个扑腾腾的孩子
投向他的母亲了

晚上迪斯科舞厅拥抱了市长们
大海摇晃明华轮摇晃全世界摇晃
中国是东方的巨人啊
拿破仑的预言容不得你不信

夜铺开墨绿色的薄纸
海风轻轻地弹动着她
把疲劳了一天的蛇口
摇入了一泓灯火的梦乡

星星和鲜花同是一种颜色

（1986年10月4日夜稿于蛇口工业区，载《特区文学》1991年第5期）

【钟永华点评】海上世界是深圳著名的风景点，位于深圳湾畔，与香港元朗遥遥相望。1984年1月26日邓小平视察蛇口工业区，欣然题写了“海上世界”四个字，为之锦上添花。1986年10月4日首届全国城市花展在此召开，颇为一时之盛。市花展示一个城市的文化与精神，而当众城市的市花摆在一起，争奇斗艳时，确实充满了诗情画意。这首诗大处着眼，小处着笔，用墨不多却题材宏大，表现了上世纪80年代“团结、进取、乐观、豪迈”的改革开放精神。“星星和鲜花同是一种颜色”是一种诗意的概括与提升。

寻梦之歌（组诗）

寻梦之歌

祖祖辈辈世世代代
梦想占据理想所有的地位

怪圈一层层年轮一圈圈
理想之树一年年枯萎

祖先们，保佑我们寻梦去
我们应该有所作为

远离故土告别亲朋
异乡的海域升起寻梦的船桅

寻梦呵！……寻梦
就算一无所获也青春无悔

寻梦呵！……寻梦
毕竟我们已经走出梦的困围

秘密生日

妈妈的来信是明亮的烛光
照暖我生日的每一时刻

幸福之泪，心酸之泪
涨湿我二十岁的生日

今天是我生日，秘密生日
没有音乐蛋糕只有工厂的忙碌

南来北往的晚风呵
匆忙传递遥远的祝福

许一个生日的心愿吧
那童话里点石成金的妖娆女巫

我想拥有一个小小的空间
能够容纳妈妈担心的小屋

陌生的故乡

生我养我的地方叫故乡
故乡埋葬祖祖辈辈的梦想

梦里的故乡是那样亲切
现实的故乡却是那样陌生

故乡呵！你瘠薄的爱叫我如何忍受
而异乡的爱又是那样乍暖还寒

故乡呵！我嫌弃的并非是你的贫穷
而是你的泥土再也长不出生命的辉煌

故乡呵！日渐辽远陌生的故乡
忘记你是为了减轻打工背囊上的负担

身居外境犹我境
久住他乡即便是故乡

青春河的见证

顺应那风，顺应那雨
我们湿漉漉的风筝
飘落异乡的领地

没有飘飘遥遥的轻松
只有沉沉重重的叹息
哦！打工的岁月如潮
涌上来又退下去
我们青春河的见证呵
唯有你
异乡日渐繁荣的城市

根茎分离的植物

有一种根茎分离的植物
根扎在故乡的矮屋
茎却插在异乡的泥土
这些茎吸收少量的阳光雨露
却在异乡的天空中

长出绿叶、鲜花、果实
长出生命的五颜六色
尽管它们有顽强的生命力
并且属于异乡的大多数
但它们长不出移植的根触
永远是成群结队的流浪者

这些特别的植物
叫作打工妹打工仔

【钟永华点评】这是一组很浅白的诗歌，却有很深的时代印记。“打工”这个词，上世纪80年代，是一个无可奈何的词。那种赤裸裸的劳资关系，使人怀疑，这是社会主义吗？时至今日，当我们不时在报上读到恶性生产事故造成众多打工者意外伤亡时，我们再读读这组诗时，就有诗人一样的感触了。《秘密生日》、《陌生的故乡》、《青春河的见证》、《根茎分离的植物》等，读之令人心酸，更加感觉到诗人悲天悯人的情怀。

水手刀

老水手传下水手刀
刀面淬合海水和阳光
刀刃刻满风的影子浪的齿痕

水手刀削铁如泥爱憎分明
岂容破绳烂网妨碍水手们远航
岂容污泥浊水侵袭水手们的思想
水手刀是酒的兄弟勇敢的化身

水手刀虽然比不上现代电子器具
却更能领略大海的豪爽

【钟永华点评】海明威《老人与海》的小说寓意是：在险恶的命运面前，人要毫不畏惧，充满自信。水手与惊涛骇浪搏斗的结果就是成为一个真正的男子汉（勇敢的化身），水手刀就是水手的象征。“刀刃刻满风的影子浪的齿痕”，这一句概括力很强。

惊蛰夜

看哪！

是谁在天穹的裂缝里

发出最后的呐喊

亮晃晃的雨丝

跳跃着被爱着的激动

凄风冷雨的日子

潜行得快要不留一丝痕迹了

阳光灿烂的时刻

如春雷向我滚来

【祁人点评】这首诗表面上看，是描写春天来临的兴奋心情，仔细琢磨，就会感觉到好像是一个人失恋后重新找到挚爱的激动心情。像“亮晃晃的雨丝/跳跃着被爱着的激动”，这样的诗句就很新鲜感人。

小提琴独奏者

你潇洒的弓弦
抖落漫天星辰
冰川轰然倒塌
生命昙花一现

鞠躬，向着十字架和爱情
鞠躬，向着善恶混杂的海洋
鞠躬，向着生命的幻影

一串豆芽音符骤然断裂
重新组合了四对眼睛

（载《华夏诗报》第62期）

【祁人点评】这是一个现代的爱情故事。第一节写演奏技巧，第二节写琴手谢幕，第三节写四个人的复杂心情。琴手离婚又结婚了，他离婚的妻子也重新结婚了，在音乐会上，他们四人戏剧性地见面了，就是这样复杂的场景，诗人竟然能够用短短的几句诗来表现它，真是技高一筹！

拔河与赛跑

【题记】蛇口工业区体育爱好者协会将于本月下旬举行冬季环区赛跑和各独合资企业员工拔河比赛，以迎接新年的到来。

一、拔河

两点成一直线
两力成一力矩
一边是时间
一边是中国

中国在和时间拔河呵
全世界都在瞩目
全人类都在关注

中国胜利了
赢得了光辉的十年
中国落后了
荒废了整整二十年

如今又站立起来了

三十五岁的中国

顾不上拍去身上的泥沙

又向时间和速度挑战

中国在和时间拔河呵

全人类都在关注

预赛就在深圳特区

决赛就在

九百六十万平方公里的国土

二、赛跑

刚刚诞生了十岁的新中国

突然得了热感冒

一躺就是二十年呵

得了一场虚惊

吓出一身热汗

中国清醒了

中国需要钢铁
也需要面包和尼龙布
社会主义应该是
物质和精神的
辩证统一
历史唯物

靠两条腿走路的中国
终于坐上了
红旗、东风、波音747
和洲际火箭

中国在和时间赛跑呵
深圳在探索一条高速公路

（1984年12月13日稿于蛇口，载《珠江》杂志 1986年8月）

【祁人点评】这是诗人黄海第一首公开发表在报纸杂志上的诗歌。从题记中我们知道，从现实生活中撷取和提炼诗歌，是诗人一贯的手法。诗人由拔河联想中国要和时间拔河，由赛跑而联想中国要和时间赛跑，夺回“文革”时期荒废的时间，建设繁荣富强的中国。1984年12月的中国，还没有一条高速公路，“中国在和时间赛跑呵/深圳在探索一条高速公路”，因此诗人的联想是丰富的，富有诗意的。

秋风劝酒歌

【题记】8月29日，众同窗聚于斗室，欢庆到蛇口一周年，幸甚至哉，歌以咏志。

第一节

大家都来当诗人和歌手吧
就着手上的碟儿，打着拍子
让我们大发酒狂
让我们纵情歌唱

我们要歌唱我们的青春
我们要歌唱我们的理想
我们要歌唱我们的爱情呵
让我们饮尽爱的泉水
充满爱是力量
不要嫌弃我们的笨拙和无能哟
只要奋斗，生活就有希望！

第二节

来！我敬你一杯
不要怕醉了，醉了怕什么？
只要我们的思想不醉
只要我们的生活不醉
只要我们的灵魂不醉

不要哭我们的青春老了
不要哭我们的思想老了
短短的一年呵！
新陈代谢不会这么快
——不会！

来吧！再斟满一杯
都给我站起来——干杯！！

第三节

我们热爱南方的水田
我们怀恋北国的麦香
办好特区——我们的理想
建设祖国——我们的志向

鸦片战争的炮声余音未消
虎门销烟的火光尚在萦绕
举起三元里人民的锄头和扁担吧
开拓未来，踏着伶仃洋里的浪涛

不要羡慕那扬米旗下的繁华
我们要拼命建设自己的国家
东方的巨人就要站立起来了啊
让那些鄙视我们民族的人见鬼去吧！

第四节

不要给我倒北京人参白兰地
我要喝，喝那深圳湾的海水
那海水陶醉着我哟
带我游历到古远的年代

屈大夫劝我不要再写离骚
司马迁却吩咐我续写史记
靖节先生严肃地教训我
世外桃源不属于你！

不要给我倒金奖白兰地
我要喝，喝那伶仃洋的海水
那海水激励着我哟
去拼搏亮铿铿的未来！

（1982年8月20日 于蛇口）

【祁人点评】从时间上推算，这是诗人刚刚到蛇口工业区一周年时写的。那时的诗人多愁善感，激情万分。一群年轻人响应祖国的号召，为了建设中国的经济特区，奔赴深圳，那时的特区生活是艰苦的、单调的、乏味的，一年过去了，也许生活和爱情并不尽如人意，但他们对未来的生活还是充满希望的，“只要奋斗，生活就有希望！”这首诗写出了一群有理想、有追求的年轻人，他们活泼可爱的醉态，现在回过头来吟读，似也有一股热血在胸奔涌。

不作他人

冬吟

朦胧的耳角根
海潮鼓动着冬天的内涵
沉重的醉眼里
黄灯温暖着樱花的娇颜

春天融接在
刚毅的手臂和
软柔的细腰之间

（载《深圳交通》杂志 1989年1月1日）

【祁人点评】冬天的内涵在哪里？冬天的春天在哪里？诗人告诉我们，在恋人的心怀里。

重逢

我抑制不住内心的激动
像初赴幽会的恋人
发烫的手紧紧地钳住你
半天说不出一句话

十年的日子
拉长而又缩短了
时光老人的锤子
敲打着我受伤的年轮
倘若真理背叛了
还会是真理吗

用不着刻意的诉说
彼此成熟了的微笑
早已告诉了对方
那遥远的属于你我的故事

无须过多的勉励

举起冰冷的啤酒杯来

让我们年轻的生命碰出泡沫

我们是生活的主人

我们要创造自己的生活

【祁人点评】在伟大的转型时代，理想、信念、真理……这些东西本来是不容置疑的，经历了社会生活和人际遭遇，老同学重逢，回想曾经的豪言壮语，真是欲说还休，“举起冰冷的啤酒杯来/让我们年轻的生命碰出泡沫”，要走自己的路，要创造自己的生活。

斯巴达克斯

当夕照散发出女人的香味
绿茸茸的草被浮动着灿烂的黄花
当苍穹刺过爱情的铁骑
弯弯的河道响彻一个巨大的问号
斯巴达克斯
你命中注定就是奴隶吗

奴隶是火
奴隶是铁
奴隶是愤怒
奴隶是仇恨
当熊熊的篝火烧红了天边
生命就要爆炸出声音
“不要做奴隶!
要做自由人!”

斯巴达克斯的弟兄们
你们用短剑和长矛

震撼了整个罗马帝国
悲壮世纪的山川和河流
奔涌着你们暴风骤雨般的鲜血

当爱情和自由成了铁的信仰
性命就渺小得如同蚂蚁一样

（电影《斯巴达克斯》观后写于蛇口，1987年端午节）

【祁人点评】不做奴隶！要做自由人！这是千百年来人类共同的声音。读此诗后不禁令人思索：作为一个现代人，你的身上还存在奴性吗？你是一个完整意义的自由人吗？你拥有人类最宝贵的爱情和自由吗？

圣诞节寄怀

你没有说什么但你自信
你说你已经不是孩子了
可惜你没有机会，永远
只对着大海咬牙切齿

捏烂一颗颗梦的红葡萄
背弃一书包沉甸甸的琼瑶
你收回押给生活的全盘赌注
然后端详着啤酒杯冷冷地笑

如今薄薄的纸片载动着许多忧愁
火热的问候寄自温馨的梦遥
满天喜悦Santa Claus拍着红帽笑
红孩子已在彼岸露出了骄傲

（载《深圳交通》杂志 1989年1月1日）

【祁人点评】这是一首很美的爱情诗，“如今薄薄的纸片载动着许多忧愁/火热的问候寄自温馨的梦遥”，很美的句子，令人读后不由想起李清照的词句：“只恐双溪舴艋舟，载不动，许多愁。”Santa Claus（沙塔·可罗斯）指圣诞老人。

在海边，我有一片红树林

——记深圳福田沙头红树林自然保护区

在海边，我有一片红树林
清晨，我从这里出发
夜晚，我在这里栖息
呵！红树林
我理想的滋生地
我生命的伊甸园

或许，生物起源之年
这里曾经哺育过我们的祖先
或许，1985年之前
耶和华曾经在这里教训他的子民
或许，若干年以后
我的骨灰会撒落到她们中间

海鸥载着暴风雨的激情
滑着矫健的身姿
在她的上空盘旋依恋

自作多情的夜鹭
月下也在这里鸣唱不停

龙王在这里招兵买马
美人鱼在这里歌舞设宴
精卫也在这里小息片刻呵
红树林，茂密的红树林

螃蟹乘机潜生暗长
弹涂鱼在这里苟且偷生
海龟踏着浪涛来了
它们互相讥笑，乱作一团

呵，红树林
生机勃勃的红树林
你是大自然的一面镜子
你是大海的伸延
你是我理想的滋生地
我生命的伊甸园!

（1985年3月1日稿于深圳）

【祁人点评】世界范围所有的红树林自然保护区都是国际湿地公约保护对象，也是国际《生物多样性公约》重点保护对象。这首诗的写作手法比较传统，但感情饱满、真挚，朗诵起来也很感人，作为环境保护题材的诗作，有其存在的价值。

蜘蛛网

墙角的蜘蛛网
网住了生活的尘埃
网不住漏去的日子

（载《蛇口消息报》1991年10月7日）

【祁人点评】墙角是最容易被人遗忘的角落，时光不知不觉地溜过去了，只有蜘蛛在那里经营一方小小的天地。生活让你记住的往往是那些毫无价值的东西，而那些宝贵的东西却不辞而别了。

情人节

把日子串起来
会是你颈上的明珠吗？

把记忆串起来
会是我诗集里的故事吗？

把你我串起来
会是一个幸福的分子吗？

2月14日
红玫香槟的颜色
早已告诉了我们！

（载《深圳交通》杂志1991年1月16日）

【祁人点评】爱情是诗歌永恒的主题，情人节是盛产诗歌的节日。很多诗人都为情人节写过诗歌，但特别出色的似乎不多。这首诗以三个问句作为排比，最后没有正面回答，却答非所问，非常浪漫温馨。“红玫香槟”是20世纪80年代人们喜爱的一种香槟酒，酒色如玫瑰红，味道醇甜，为青年人所喜爱。

姐妹们，我们去打工（组诗）

劳动是人类的本分
为了理想也为了生存

走进社会我们上的第一课
姐妹们，我们去打工

领件工衣佩张厂卡
我们是消费者又是生产者了

加班加班还是加班
剩余劳动怎能蚕食我们的青春

领到工钱我们逛街熙熙攘攘
学孔乙己“多乎哉不多也”地喊

为了今天的诺言明日的理想
姐妹们，我们去打工

挣扎的翅膀

从小我就是一只彩色的风筝
总脱离不了妈妈那根细细的丝线

海蓝的天空多情的白云
深深地把自由的翅膀召唤

妈妈呵！我终于飞离您的身旁
远离令我朝思暮想的故乡

有冷漠、有险恶、有善良、也有关心
异乡的土地呵是否有打工者的天堂

白眼、蔑视、恶意的中伤
怎能折断我挣扎的翅膀

黎明的寒意令我清醒
那地平线升起的将是永不改色的太阳

家乡的小河

有家乡的地方就有小河
有小河的地方就有家乡

小河呵，流淌着深沉
流淌着我们祖祖辈辈的辛酸

为了寻梦，我却离开了小河
离开了那含辛茹苦的温暖

在远方我永远属于家乡
在家乡我却奇异地属于远方

小河呵！你叮叮咚咚的生命
就是我脉搏不停的跳动吗

小河呵！何时你来作证
我究竟属于家乡还是远方

月亮做媒，星星作证

哪个少年不多情
哪个少女不怀春

是命运的巧合安排，紧密相连
还是我们都来自相同的乡村

流水线汹涌着我们青春的血液
也哺育了我们的爱情之梦

我们的爱情呵像流水线
充满动感，真挚而情深

在熟悉又陌生的城市，携手
漫步朦胧而温馨的夜空

我们的情最纯，爱最真
月亮做媒，星星作证

渴 望

我是一叶旱舟
渴望生活的海洋

我是一个合同工
渴望被人理解的目光

我是一把电剑
渴望划破沉闷的星空

我是一只蜜蜂
渴望采撷正义的灵魂

我是一片树叶
渴望爱情的光合作用

我是一个有感情的人
渴望人生的升华，心灵的相通

异乡的城市，我要对你说

我从中国最贫困的乡村走出
像赶海潮的人们一样四处奔波

你像天方夜谭中的魔域
收留并倾听我的诉说

怀揣一本薄薄的暂住证
日夜不停地奋斗拼搏

也许有一天我会离开你
空着两手，没有带走什么

但你日渐壮大的脉搏
会留下我深沉的恋歌

而我，将会背上你的祝福
去寻找新的生活

祝福你，善良的朋友

不论你金钱多寡
不论你地位高低

不论你命运坎坷
不论你情场失意

善良而正直的朋友
我要深深地祝福你

祝你金钱不多却快乐
祝你战胜失恋的情绪

对生命来说每一天都是新的
我要以诗的名义祝福你

致我的父亲

【题记】寄给父亲的汇款退回来了。

父亲，你山一般沉重的叹息
是如何碰撞我断断续续的梦忆

你手头点燃的悲哀呀
竟是如此灼热如此凄戚

夕阳陪你蹲山坡抽旱烟
以牛为伴定格你一生所有的主题

你再也不能潇洒地走一回了
却给我一身流浪打工的筋骨

汇款单不能邮递给你喜悦
老黄牛有犁耙青草就很满足

父亲呵！你说你一辈子的荣耀
是儿子蜕变成城里人所得到的幸福

致亲爱的母亲

母亲呵！二十年前的声声婴啼
是如何舒展您的痛苦和疲惫

岁月的贫穷无损您伟大母亲的形象
您真像沙漠上的云雀一样舍身保雏

如今，您体弱多病的思念
又是如何一片一片飘扬如絮

覆盖温暖我异乡寒冷的梦忆
爱抚我打工生涯的沉重喘息

纵是远隔千山远隔万水
我也要用带血的声音千百次呼唤您

母亲呵！您不太丰满的乳房
永远是我吮吸幸福的源地

生日之歌

众姐妹围坐在你的身旁
烛光摇曳，歌声嘹亮

让我们庆祝你出生的时辰
就像你在家里的亲人一样

请忘记朋友的恩怨打工的辛酸
请忘记失恋的痛苦思乡的忧伤

今天你是我们美丽的生日公主
让我们把鲜花戴在你的头顶上

Happy Birthday To You 大家齐声唱
歌声中你的笑容多么甜美灿烂

闭上眼睛许一个生日心愿吧
让梦中的白马王子早日来到你的身边

【张效民点评】众所周知，打工生活是十分辛苦的，但是在我们诗人的笔下，这群打工姐妹却是那样地朝气蓬勃，甚至可以说有一种劳动者的自豪感。因为她们充满了对未来的希望，对明天的期待。黄海就是这样，能够深入到打工者的内心深处，去描绘她们灵魂深处的波澜，去发掘美的东西，表现美的东西。

慎独

船员与月亮

船员拥有两个月亮
一轮在波浪里
一轮在蓝天上

（波浪里依依的是妻子
蓝天上闪闪的是儿子）

一轮托着醉晃晃的船
一轮指明生命的航向

（载《特区文学》2000年第4期）

【张效民点评】黄海是一位善于经营诗的结构和语言的诗人，也就是说他是一位讲究诗艺的诗人。他的诗，总是给人一种明显的形式美感，诗行的排列总是力求美观，这大概是追求闻一多先生所说的形式美和结构美吧。但对于黄海来说，这并不是主要的，更值得重视的是他对于诗的内在结构美的重视和追求。读他的诗，你往往出乎意料地得到一种惊喜，一种发现，一种愉悦。他的《船员与月亮》这首诗，把蓝天上的月亮和波浪中的月亮（实际上是船员心目中妻子的幻象）连接起来，就能唤起读者美好的情愫。

失踪的孩子

——由赤湾陆秀夫负宋少帝殉海像联想的童话

这个孩子失踪了
大人们议论了几个世纪
野蟒的血流成了伶仃洋
孩子的衣服寄存在海岸上

善良的人们苦苦地等待着他
机灵小和尚等待着他
IQ博士等待着他
圣诞老人等待着他
幼儿园的阿姨等待着他
忍忍忍忍忍忍忍……变啊!
这孩子怎么不回家?

终于有一天
人们找到这孩子啦!
他哭不出声音流不出眼泪
却伏在壮士肩上化成了石头

多可怜的孩子！

（载《蛇口消息报》1991年4月1日）

【客人点评】《失踪的孩子——由赤湾陆秀夫负宋少帝殉海像联想的童话》的感受颇不一般，它有伶仃洋里叹伶仃的悲叹，也有“机灵小和尚”、“IQ博士”的童稚呐喊，更有壮士肩上的石头竟是“失踪的孩子”的审美惊诧。

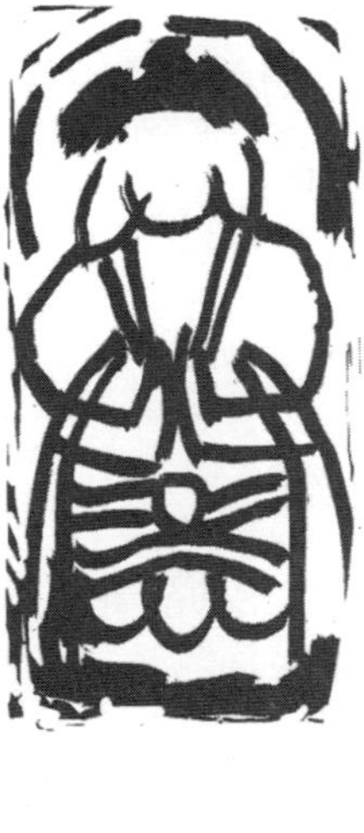

题赤湾林则徐铜像

僵直地挺立
冷望着赤色的海
水鸥啄碎白白的浪花
背弃红日喷薄的方向
牛号角沉重如铅
再也举不起来

扒开迷离海雾
黄金海岸玫瑰卫星城
浮现BP基地GFG厂房
你饮满希冀的铜眼
惊喜而又彷徨

山腰飞来一群红领巾
小脑袋费解你课本里的故事
突然他们发现了新大陆
“嗨!他有一条大辫子!”

太阳雨穿心透骨
多想抽一口Marlboro
长辫湿漉漉
扔也扔不掉

动人的故事已经腐烂
历史是那幸存的古董
需要重新拍卖了

（载《韩江》杂志1987年第4期）

【客人点评】在《题赤湾林则徐铜像》这首诗中，黄海把历史与现实的交叉熔于一炉。昔日林则徐抗英销烟的土地上，竟引进BP（英国BP石油公司）和GFG（中外合资广东浮法玻璃厂），黄海的叙述与抒情视角是颇为独特的。潮涨潮落，伶仃洋的故事也在悄然演进着，读者透过这深刻隽永的冲突，能悟出故事背后的凝重，平添了一种令人琢磨的人生意味。

小山村·家信·流水线

——记蛇口三洋妹

家信像这长长的流水线

不分昼夜地启动着

思乡啊……

“在那遥远的小山村小呀么小山村

我那可爱的妈妈已白发鬓鬓……”

妈妈，一想起你

就想起奶奶那难于启齿的悲惨往事

当年日本鬼子践踏我们的家乡

烧杀掠抢奸

奶奶躲在牛棚不幸落入魔掌

两只豺狼撕烂奶奶的衣服奶奶晕死在地上

爷爷从深山砍柴回来怒火中烧

锋利的砍柴刀劈开了两颗狰狞的头颅

而两把刺刀却同时洞穿了爷爷壮实的胸膛

危急关头游击队叶队长带兵杀入小山村

救出了悲痛欲绝的奶奶
却保不住奶奶的圣洁
梅江的河水呵流不尽奶奶的悲痛
岁月的稀释剂呵冲淡不了
奶奶对日本鬼子的刻骨仇恨
后来我出生了奶奶给我起名思叶
高中毕业时奶奶却把思叶叫成失业了
妈妈，是你把我搂在怀里
母子俩相对流泪束手无策了

终于，有一天
招工海报高中毕业证启示了我
山外面的世界很大很可爱
除了烟囱高楼马路外还有轮船大海
年轻人的心沸腾了

就在那一晚奶奶含恨离开了人世间
带着对日本鬼子的深仇大恨
妈妈你接过奶奶的爱憎棒

说日本人来中国办工厂
是黄鼠狼给鸡拜年
到日本人办的工厂做工
你一千个不放心一万个不甘心
况且怎么安慰饮恨九泉的爷爷奶奶的灵魂
这时做民办老师的爸爸站起来说
过去我们真刀真枪打赢了日本人
搞经济建设为什么我们就不行
难道我们忍心挑着胜利者的旗帜
却过着失败者的贫穷生活?
成千上万的先烈们的血，不就要白流了吗?
妈妈，当时我们全家人都相拥而泣了

终于，我背负着爷爷奶奶的沉重遗恨
背负着妈妈的千叮咛万叮咛
来到了阳光灿烂的玫瑰卫星城
成为蛇口三洋电机厂的流水线工人

啊！妈妈

生活并不都是阳光大道

生活有美丽更有苦恼

我们这些举目无亲的女孩子

每天匆匆忙忙地赶往流水线

在白炽的日光灯下

我们的肢体似乎被分解了

一件件地跳动在皮带机上

点锡的焦味和螺丝批的旋转

又神奇地使我们组合了

我们终于占有了三维空间

一箱箱的电子产品输往世界各地

我们最兴奋最卖力的是在包装箱上

戳上MADE IN CHINA 的标记

祖国啊！这就是我们的价值了吗？

每天加班到八点钟

打卡钟终于松开了钳住我们的利齿

拖着疲惫的身子回到宿舍

将洗得灰白的SANYO工衣挂出阳台去

我们便围坐在铁床上谈论各自的家乡
各自的妈妈各自的童年
后来大家转向谈论流行歌星
大家都说梅艳芳再性感再疯狂
也比不上咱们的歌坛新秀朱晓琳
于是大家都唱“妈妈的吻甜蜜的吻”
唱到动情时大家都哭成了一团

妈妈，你相信吗
在我的想象里日本人都是凶神恶煞
但事实也许令你我都惊讶
我眼前的日本人好像都很友善
就说我们的总经理三和先生
衣装朴素，说话和气
每天提前打卡上班
他说他的父亲侵华战争是炮灰
他来中国工作请多多包涵恕罪
去年夏季潮汕梅县地区洪水泛滥
众同伴心如火焚坐立不安

他赶快动员全厂捐款救灾
并带头捐款两千元
而且亲自护送善款到梅县
领回家乡父老答谢的锦旗一面
有的家长甚至来信询问
三和先生是日本人吗?

妈妈，三洋是一个大家庭
我骄傲，我是其中的一员
日本三洋同我们结成姐妹工厂
我认识的几个日本朋友
圣诞节都给我寄精致的卡片
她们都用汉字写祝福的语言
现在我也参加厂里办的日语学习班
像阿米吗森沙扬娜拉很有意思呢
妈妈，转眼又快到冬节了
我想休假回去给爷爷奶奶上香拜山
我要用三洋牌录音机给爷爷奶奶
放《大刀向鬼子们的头上砍去》的歌曲

作为对爷爷奶奶的祭奠和慰藉

在爷爷奶奶坟前我要起誓

我们要世世代代铭记日本鬼子的滔天罪行

我们要吸取血的教训

我们要腾飞，我们要富强

我们要学习国际先进技术

我们要办世界上一流的工厂

流水线流去了我们的青春

流水线汹涌着我们的血液

流水线哺养了我们的理想

流水线是我们长长的思乡曲

“在那遥远的小山村小呀么小山村

我那可爱的妈妈已白发鬓鬓……”

（1984年4月稿于蛇口工业区）

【客人点评】值得关注的一组长诗《小山村·家信·流水线》、《今天我和他结婚了》等，都把敏锐而细腻的笔触伸进“蛇口三洋妹”、“玩具厂女工”的心灵世界。苦涩伴着泪水，希冀和着欢悦，希望掺杂着失望。黄海以粗砺的宣叙调，编织出一种苦涩沉重而又芬芳甘醇的生活，展示一种令人颤悸的命运和沧桑感。经过岁月的磨砺，这一代奔波在生活激流底层的打工妹，经过现代工业文明的洗礼，走向了自强自立。

笔底烟云

树叶的舞蹈

晌午的冬天很温暖
你紧靠在我的肩上
树密如筛，阳光如网
妩媚如妖，呢喃如梦

树林外边有山
山外边有大海
大海上有风帆么
树林外边有马路
马路那边有街市人群
人群中有傻乎乎的爱情么

回应你的是一片树叶
我所嫉妒的树木精灵
以舞的姿势舞的旋律
降落你起伏不静的胸脯
你喃喃说你好幸福呵
幸福的还有被你幸福着的人呢

（载《特区文学》1999年第3期）

【华蕾点评】《树叶的舞蹈》，很有想象力和意境，诗人追求的似乎是人群中不存在的“傻乎乎的爱情”。最后，“幸福的还有被你幸福着的人呢”，恰似苏芮的歌曲《牵手》中的歌词：“快乐着你的快乐，幸福着你的幸福。”

三 余

天鹅兰仙子

仿佛舞自家乡的小溪
又仿佛舞自童年青青的草地

仿佛舞自王羲之的墨池
又仿佛舞自安徒生的童话集

仿佛舞自你红色的裙裾
又仿佛舞自柴可夫斯基的舞曲

仿佛舞自阳光和叶子的光合作用
又仿佛舞自生命的基因秘密

呵！天鹅兰仙子，天鹅兰仙子
你竟然如此矜持高贵，如此脱俗美丽

你令我想起童年、溪流、阳光、鹅群、青草地
想起头戴野牡丹、手持放鹅竹竿的你

我愿是你竹竿下的一只丑小鸭
作为天鹅的形象和你站立在一起

如今骑牛背的读书郎行吟在烦嚣的都市里
唯有你多少年来一直甜蜜着诗人的梦忆

（2002年8月10日稿于瑞士琉森湖）

【华蕾点评】瑞士琉森湖由阿尔卑斯山积雪融化而成，清澈见底，一群群白天鹅游弋湖面，游人喂之面包片，其慢慢游来，伸嘴啄食，甚是可爱。诗人站在琉森湖畔，天鹅兰兰花和家乡狮头鹅翩翩起舞的影子浮现眼前，进而联想童年、溪流、阳光、鹅群、青草地……和童年的你，真是境界优美之作。古朴自然，看似简单，却意蕴丰厚，深得古典诗词遗韵。

等待在三十四街口

出了熙熙攘攘的地铁
有卖冰淇淋的报摊
寄放单车的棚子
口号少了广告多了的街头
三十四街口
没有三十四条街
只有一个数字化的名字
一个喜欢思念的年轻人
等待在三十四街口

是渴求已久的声音
是辗转难眠的思索
是日子遥远而亲切的片段
三十四街口，三十四街口
目睹多少人间悲欢离合
而故事中的故事
情节以外的情节
是否因你的霏霏细雨而浪漫

当生活成了固定的模式
信任成了谎言的借口
当发财成了普遍的追求
奉献成了无稽取笑的对象
还需要诗歌吗
还需要爱情吗
是谁
还站立在三十四街口

等待在三十四街口
想象你风尘仆仆地出现
从街口那边向我奔跑而来
我也不顾一切向你奔跑而去
模糊了绿灯、黄灯、红灯
你我在街心相对而视
也许一辆飞快的汽车
会成全你我的壮烈
但我们还有这些冲动吗

等待在三十四街口
等待故事的句号或延续

一个感情丰富的年轻人

等待在三十四街口

（载《南山日报》1996年8月26日）

【杨林点评】这首诗将诗人的智慧与才能发挥得淋漓尽致。“三十四街口”也许只是一个符号，但含义深刻又有多种解释的可能，使得本诗在饱含哲理的同时更具有了朦胧诗的特质。“一个喜欢思念的年轻人/等待在三十四街口”，在这里，三十四街口成了思念的驿站，它或许代表了爱情、亲情、友情等，成为情感的符号。“还需要诗歌吗/还需要爱情吗/是谁/还站在三十四街口”，在这里又或许代表了人生的一个阶段，一个人到中年依然为爱情守候、为诗歌执着的人生信念，它包含了诗人对人生、对诗歌、对爱情的深层思考，颇有深意。

仙人掌

呼喊着苍茫的蔚蓝
你高举叛逆者鲜明的旗帜
在风暴不断淫威的领域
播种下簇簇带刺的沉默

充满童话，缺乏温柔
你抗拒太阳鸟的诱惑
在一片大海的喝彩声中
给迷航折樯的逃难者
启示生命存在的价值

（载《华夏诗报》第62期）

【杨林点评】诗人黄海的诗歌多带有浪漫主义色彩，想象力极为丰富，基调较为明快，在取材上不拘泥于以往诗歌惯用的传统意象，转而投向更为广阔的天空。他在取材上具象与抽象结合，体现出诗人独特的视角。有静夜、仙人掌、寺庙，同时，在作者的意象群中，还存在着极为抽象与人文化的一类，诸如信仰、心思、心距、流浪等心灵符号、文化符号，这是作者作为诗人固有的天真而深邃的眼力所及，读之使人顿生佩服之感。

你是我的中秋

我不是完美主义者
要等到“海上生明月”时
才给你写诗
在“才下眉头却上心头”的煎熬里
日日夜夜
你都是我的唐诗宋词！

我不是形式主义者
要等到月圆时
才思念你
在你离开我的日子里
每时每刻
你都是我的中秋！

【唐小林点评】在诗人的笔下，爱情一旦闯入年轻人的心中，一切都是那样的美好和充满诗意。“日日夜夜/你都是我的唐诗宋词”，“每时每刻/你都是我的中秋”，婉转而充满诗意。在诗中，诗人为我们揭示出了什么才是爱的真谛。在诗人看来，爱情就是“因为爱，所以爱”的心心相印，它不需要任何冠冕堂皇的理由和为了吸引人们眼球而进行的舞台走秀似的表演。

凭吊圆明园遗址

这个伤口
烙得炎黄子孙好痛
相机举起又放下
生怕这残圩断墙
刺激我们的一生

为中国不再有新的伤口
我们应该如何奋斗

（载《中国诗人通讯》1999年第5期）

【唐小林点评】一个“烙”字，是那样的火烧火燎，精准形象；短短的51个字，却字字重如千钧，猛烈地叩打着读者的心扉，让人不得不在沉痛中思索：一个民族屈辱的悲剧怎样才不会重演？

殡仪馆随笔

肃立在安息者面前
脑子里是一格格灰白的空间

幽怨的哀乐似水
淹没尘世一切的欲念
没有海鸥、白帆、鱼虾和大白鲨
只有我们光洁的胴体浮动在水面

死者是一面褪色的古铜镜
照不见生者真实的新鲜
死亡和生命默默对视
然后挥泪暂别，情意缠绵

一阵活生生的风吹醒了我们
我们重又游入充满竞争的大自然

【唐小林点评】大千世界，物欲横流，打开每天的电视或者报纸，哪一天没有贪官被双规、儿童被拐卖、财物被飞车抢夺、病人因小病而被庸医治疗死亡的报道？而这一切，只有到了殡仪馆里才有可能在顷刻之间戛然而止。然而，就像诗人痛心疾首地说：“死者是一面褪色的古铜镜，照不见生者真实的新鲜。”短暂的沉默和欲念被遏止，在“被一阵活生生的风吹醒”之后，人性的弱点和追求欲望的死灰旋即就又开始复燃。生老病死，这无非是一种人生的常态，当代诗人中，有几个人从殡仪馆里发现过“诗”？以死人来写活人，从而深刻地揭示和抨击人类的劣根性，其独特的视角和敏锐的观察，成就了黄海诗歌写作中这首出乎其类、拔乎其萃、过目难忘的好诗。

物我俱忘

永远飘泊

握住单程机票
你终于踏上了
义无反顾的旅程

摆脱畸形的摇篮
挣破那顶无形的网
反叛祖先非人的铸造
你不无凄楚地说
我没有故乡
太阳它也没有故乡

曾经荣耀出土已久的甲骨文字
唱遥远的东方有一条龙
曾经点横竖撇捺
纤夫“之乎者也”
当你从瞌睡中醒来
猛然发现中国的船没有了风帆
中国的海是干涸了的四大发明

前路漫漫，思绪漫漫
抑或我们没有义务非做龙的传人不可
抑或我们应该潇洒而有个性
抑或我们没有其他选择
活得像个人

你就要告别生于斯长于斯
为着独自的信念独自的目的
生命没有极限
永远飘泊

【唐小林点评】这首诗含有向传统决裂的意识，但似乎没有决裂的行为。其爱国的忧患意识跃然纸上，“抑或我们没有其他选择/活得像个人”，要活得像个人，自然离不开热爱祖国和人民，这是毫无疑问的。这首诗写于20世纪80年代末期，那时自费留学热，年轻人的思想活跃可见一斑。

地球就是我们的家

那晚是你说要走了
走得老远却没有目的地
不同的语言，相同的鸟声
你咬咬牙说，不一定
不一定会回来

只要喜怒哀乐能够尽情表达
地球就是我们的家

那天你真的走了
不露痕迹，一声不响
你誓言说就不给你写信
从此后你在地球南端
以赤道为刀剑
斩断幸存的缠绵
你的眼罩紧闭，拒绝我的形象
你的思念挂满一树幻影

只要撒旦的谎言不灵验
地球就是我们的家

在陌生的国度
鬼佬很多，三点式很多
啤酒浸泡所有的生活
摇滚乐摇出同性恋和艾滋病
你听不见母亲的声音
你希望自己是狼孩是KANGAROO
从森林里来，没有记忆
你力图忘记你的母语
和你象形文字的思维
但你不能，你搔首沉思
痛苦而又矛盾

只要我们是人类的一部分
地球就是我们的家

不要扪心自问为什么
不要赋予行为理想化
不要背沉重的包袱远行

只要有一片天空

就要长出一片叶子

地球也就是我们的家了

（载《宝安青年》杂志 1992年7月20日）

【唐小林点评】我们知道，批判国民劣根性一直是鲁迅先生的笔锋指向，而到了20世纪80年代后期，正值中国改革开放的关键时期，很多人就在讨论中国的“球籍”问题。毫无疑问，这首诗散发出强烈的“球籍”忧患意识。经过30多年的改革开放，中国已经成为世界第二大经济体，成为世界经济发展的区域火车头。这首诗描写那时的自费留学热所表现出来的复杂心境，现在重读“只要有一片天空/就要长出一片叶子”，也很有一番感慨。

鱼与网的寓言

鱼潜水底
网挂渔父手臂上

鱼聪明地想
网底有一个大洞
何必失措惊慌

网从天降
鱼左冲右撞
最终逃脱不了
死神的魔掌

鱼死不瞑目
尽管被晒成鱼干

（载《蛇口消息报》1992年11月30日）

【唐小林点评】这是一首令人深思的寓言诗，它告诫我们不能仅仅从一个角度去看问题，留给我们的启示是，希望鱼的悲剧不会在我们的身上重演。

坐在火车上的老煤炭工人

短短的头发白了又白

高高的颧骨黑了又黑

发黄的眼睛燃尽的余灰

米酒在矿井般的喉咙咕噜噜作响

老胸膛咆哮着火车猛烈的震荡

无力的拐杖支撑着一声声感叹

满鼻孔都是煤和酒的气息

也许灿烂的奖章离他还很遥远

也许异性的爱抚还憧憬在他的心间

也许他有过平淡的家和念大学的儿子

而退休证笑了笑有安全感吗

火车把黄昏树木村火抛到脑后去了

他说每天

半斤挂面

半斤青菜

半斤米酒

三个半斤

构成了他的晚年

一把骨头和一堆煤渣

它们的价值谁能计量清楚

而当他成了墓茔成了土堆

却还能给山增添高度

（1987年4月24日写于出差湖南的火车上）

【唐小林点评】诗人在火车上邂逅一个退休的老煤炭工人，诗人观察着，思考着，然后写了这首诗。应该说，在那个强调个性张扬与自我膨胀的年代，这样的诗歌主题是会被那时的众多诗人嗤之以鼻的。我以为，对劳动者的赞美和对弱者的同情与关注，正是这首诗的难能可贵之处。

金海岸，黑沙滩

【题记】珠海西区开发集资口号：“今日借君一桶水，明天还君一桶油。”

怀揣借水还油的盘算
拎一双塑料凉鞋的潇洒
海，亮起一层层白色的微笑
踏着有声有色有味的脚步
手拉手向你围拢而来

海容纳了你感染了你
让你跳出个人的小圈子
让你忘记倦意心潮澎湃
海抚摸你的膝盖拥你于怀
让你的身心
水一般清净风一般透明
让你的灵与肉永远和谐

哦，金海岸，黑沙滩
请告诉我大海的内涵

海水的咸

不是美人鱼忧伤的泪

而是劳动者辛勤的汗水

（载《现代诗报》1991年9月号）

【唐小林点评】这首诗一、二两段十分精彩。诗人向大海走去，先是看见了大海白色的微笑，然后闻到大海的味道，大海围拢、容纳、感染了你，“让你的身心/水一般清净风一般透明”，然后领悟到了大海的内涵。在海滩，“拎一双塑料凉鞋的潇洒”这样的诗句，生动、活泼、准确、优美，极富生活情趣。

太阳是世界的主宰

——献给我们天真活泼的孩子

阳光啧巴一下你的脸蛋
你的脸肌绽开两朵反应
晶莹的眼睛睁开了
不断打量这陌生的世界

孩子，不用怕
太阳是世界的主宰

你依偎月亮依偎甜美
依偎安全可靠的保护
孩子，这是短暂而又短暂的
你所面对的客观世界，将来
也许怒海会吞没船帆
也许啼哭会掩盖静夜
也许世界不如想象般美丽

但是孩子，不用怕

太阳始终是世界的主宰

尽管你不理解骨肉亲情
不理解牵肠挂肚的离别滋味
从你简单的思维里
感受不到远方的思念
但从你咿咿呀呀的学语中
已能感觉到爸爸妈妈的音韵

孩子，迟早我要告诉你
太阳永远是世界的主宰

【唐小林点评】孩子是我们心中的希望，我们总是希望孩子能够健康快乐地成长。可是世界总是复杂的、充满遗憾的，人类战争、自然灾害、生老病死等等，无时无刻不在窥探着我们的生命，世事不如意者十之八九，因此我们要告诉孩子：“太阳是世界的主宰”，“太阳始终是世界的主宰”，“太阳永远是世界的主宰”。太阳象征正义、光明与真理。

漓江望夫山

岁月堆积成山
阻挡寻找太阳的目光
登高而招
传说凝结为石头

并不是每一种殉情
都能描绘成动人的故事
当满江的呼唤过后
你单纯执着的姿势
深深吸引一个汉子
沉默寡言
江涛左一声右一声
倾诉你亘古不变的幽怨

期待了多少年了
春汛涨涨落落落落涨涨
日子清瘦得如同漓江
你就下山饰一个新潮的摩登吧

让人们改叫望夫山为望妻山

（载《蛇口消息报》1991年8月12日）

【唐小林点评】在诗人的眼里，中国许多山石传说都披着男尊女卑的外衣，如神女峰、望夫山等等，这些地方牵强附会着民间传说，借以满足人们的猎奇心理。山由岁月堆积而成，石头由传说凝结而立，“并不是每一种殉情/都能描绘成动人的故事”，那个沉默寡言的现代汉子，他的沉默寡言，正是对那些传说的无言嘲讽。

爱情

爱情这东西

不比秋收冬种

一份播种就有一份收获

明明知道一无所获

还是要播种的

人呵，这情感化的动物

就是这么怪！

（载《蛇口消息报》1992年8月17日）

【刘伟力点评】这首诗短小质朴，没有华丽的词藻，没有深奥的哲理，却写出了人类的灵性，相信很多人都有强烈的共鸣，正所谓“人人心中所有，人人笔下所无”。

有一首歌忧郁而明亮

——致韩国汉城东安养青商会的朋友

有一首歌忧郁而明亮
她比诗歌更抒情
比爱情更浪漫
她是乡间的溪流
无忧无虑地叮咚作响
她是城市的风景线
尽情地舞蹈，放声地歌唱
她不分种族、肤色和国界
她，就是美丽的青春时光

燃起青春的火把吧
扬起追求理想的风帆
让我们抛弃颓废和伤感
伸手握住彼此的温暖
让昔日流血伤口
长出橄榄枝和鸽子的翱翔

战争带给人类的苦难
也许会烟消云散
因而，跪着的德国总理
比站着的日本首相
要高大多少倍啊
一百万、一千万……
和平，永远是人类最大的福音和希望

燃起青春的火把吧
我们隔海相望
让我们一衣带水的情怀
世代相传
让我们走出困惑和狭窄
以和平博爱的力量
去赞美人类的真、美、善

（载《特区文学》2002年第1期）

【刘伟力点评】诗作《有一首歌忧郁而明亮》，优美典雅，堪称精品。“比诗歌更抒情/比爱情更浪漫”，赞美青春，歌颂和平，热爱生活，是这首诗歌的主旨。

心思

亲爱的，你为何只怜悯
萧瑟的秋风下那一片绿叶呢

亲爱的，你为何就不感叹
那绿叶身边遗漏的一丝春光呢

亲爱的，亲爱的，你知道吗
鸟儿睡到月亮的窝巢里去了呢

（载《坂田文艺》2000年第1期）

【王熙远点评】这首爱情诗很纯净，似乎是不食人间烟火的那种。秋叶飘落了，时光也就飘落了。本诗有辛弃疾名句“少年不识愁滋味”的韵味，而“鸟儿睡到月亮的窝巢里去了呢”一句具有纯粹的童话美，使人联想到“千里共婵娟”的名句。

给她

你的港湾风平浪静
扣留我骚动不安的船

你的感情轻描淡写
缚住我钢铁般凌厉的蛹

你的眼神飘忽不定
诱惑我痴呆的心

你的笑声是那响亮的驼铃
风雪中我是暮归的旅人

（载《深圳交通》杂志1991年1月16日）

【王熙远点评】诗人给他钟爱的姑娘写诗，极尽想象和比喻，在心爱的人面前，自己愿做乖乖的小白兔。最后却借用了唐代诗人刘长卿的诗意：“日暮苍山远，天寒白屋贫。柴门闻犬吠，风雪夜归人”，借此向往获得爱情的温暖。

秋藤曲

没有得到春风的吹拂
却要接受夏日的炎热
没有获取秋天的果实
却要经受冬季的严酷
啊！秋藤！秋藤
你昂起坚强不屈的头颅
奋力向上攀援、攀援
为着遥望天边朝霞日出

闭上你的眼睛
就能看见春天的花信
屏敛你的气息
就能闻到荷花的温馨
捂住你的耳朵
就能听见秋虫的歌吟
张开你的臂膀
就能拥抱冬天的胸襟

啊！秋藤！秋藤

你的头顶是广袤的星空

你的足下是浑厚的土地

啊！秋藤！秋藤

你有曲折向上的身躯

你有自强不息的灵魂

啊！秋藤！秋藤

啊！秋藤！秋藤

【王熙远点评】这首诗描写的是秋藤不屈不挠的顽强生命力，充满向上的正能量，其实是诗人为残疾人联合会所撰写的歌词。“你昂起坚强不屈的头颅/奋力向上攀援、攀援/为着遥望天边朝霞日出”，这首诗用隐喻手法，我们仿佛听见一个浑厚的男中音，在反反复复地吟唱，秋藤的胸襟与坚强。

快乐其实很简单

不要纠结昨日的忧伤
不要感叹生活的艰难
不要埋怨命运的多舛
不要放弃人生的希望
快乐其实很简单
快乐其实并不难
快乐是一种生活态度
快乐是一种心理修养

快乐是助人为乐的勋章
快乐是邻里友好的目光
快乐是工作顺顺利利
快乐是学习天天向上
快乐其实很简单
快乐其实并不难
快乐是和和气气
快乐是健健康康

让欢快的歌声照亮黑暗
让温暖的关爱慰藉孤单
让坚强的意志穿越苦难
让乐观的精神战胜忧伤
快乐其实很简单
快乐其实并不难
快乐是生活的佳酿
快乐是幸福的伴娘

快乐相伴，幸福相伴
快乐其实很简单
快乐其实并不难
快乐相伴，幸福相伴
快乐其实很简单
快乐其实并不难

【王熙远点评】这是一首歌词，节奏明快，充满愉快的心情。现在有些人追求物质，贪婪金钱，却远离了生活的本意。生活是什么？生活就是追求幸福与快乐。作家毕淑敏说，她查阅了很多资料，最后为“幸福”下了一个定义：有意义加上长久的快乐。而诗人却告诉我们：快乐其实很简单！概括起来，快乐就是积极向上，乐于奉献，少些抱怨，多些包容，以和为贵，以善为荣。

虹的遐想

远远远远的天边
沉默的那道抛物线
把从太阳那里得来的颜色
投给高山
投给大海
投给森林
投给绿水
投给世界上的一切生灵

将热望射向蓝天
那丘比特的神箭
黑了脸的白云
亦感激得丝丝地飞泪了

在心底里哺育的
（理想、道德、人生、爱情）
在土地上生长的
（花草、树木、飞禽、走兽）

和在天空中存在的
（风、雷、雨、电）
为何不应该合而为一？

多情的虹彩
难道只是
成就了别人
消失了自己？

【王熙远点评】七色的虹彩是诗人们常常吟咏的对象，在这首诗中，诗人给虹彩以丰富的想象。世界上万物的色彩是虹彩从太阳那里传递过来的，虹彩成就了别人也同时成就了自己。在第三段里，诗人流露出“天人合一”的中国传统哲学思想，心灵、土地、天空，世界万物的存在和生生不息，都离不开“道”和“数”。“道”是无限的、本质的，“数”是有限的、表象的，它们既有区别又存在联系。“天人合一”是中国最古老、最基本的哲学观念和哲学精神。作者借彩虹的奉献精神，讴歌灿烂的人生，应该是博采所长，奉献为乐，相比蜡烛精神，似乎又上了一个层次。

亲爱的深圳，听我说（组诗）

A

尽管我把青春的灿烂和壮丽
极其廉价地出售给你

尽管这座从红土上长起来的城市
有我青春的追求青春的气息

尽管我对你的感情日深难舍难离
但我明白分手只是时间问题

带上一把红土毅然别离吧
不要伤心不要埋怨不要惋惜

回乡告诉那些好奇的父老兄弟
这红土不长庄稼却长工业城市

家乡也有大片大片的红土呵
为什么就不能长出一座座奇迹

B

你拍动几下强有力的翅膀

然后仰望深圳蓝宝石似的晴天

你感叹深圳的海鸥聚众为患

再也没有山鹰一展雄风的空间

穿越深圳，接着泪别深圳

不知道什么你带走，什么你留恋

那晚临别我们一起喝二十四味

说不出是苦是甘是酸是甜

我知道你绝不是临阵退缩的斗牛士

而那真切的呼唤来自百业待兴的家园

紧靠你的臂弯多想闭目憩息

留住你，留住昨天

C

流水线是那样的冰冷

它需要我们火热的生命来启动

流水线是那样的苦涩
它需要我们旺盛的血液来滋润

流水线使我们远离故土告别亲朋
使我们认识到外边的世界很精彩很动人

流水线给老板带来财源滚滚
却悄无声息地流走我们宝贵的青春

流水线重新安排我们泥土色的命运
教我们多一份成熟，少一份天真

流水线是永远不会老的
因为它涌动着我们最年轻最美丽的部分

（载《诗刊》2000年第12期）

【王熙远点评】这是一组打工诗歌。打工文学是改革开放的产物，是中国从纯粹的农业社会向工业社会过渡的转变的产物，是打工世界最精彩的火花的映照！打工，是商品经济大潮下，青春流浪的响亮的名词！打工，是上世纪80年代青年人闯荡世界的义无反顾的选择！“外面的世界很精彩！外面的世界很无奈！”多少少男少女，或提一个包袱，或夹一卷行李，或背一个行囊，泪别双亲，踏上了异乡寻梦的人生旅程。青春的流逝，爱情的苦恼，理想的幻灭，社会的不公平、不公正，包括对打工者的冷嘲热讽，所有这一切一切，只有在黄昏海潮低吟之时，面对万家灯火的深圳，默默地诉说。在诗人的眼里，深圳不仅是一个开放城市，更像还人以愿、大慈大悲的女神。而故乡对每一个人来说，都是一种心病。灵魂的寄居也罢，父母的牵挂也罢，她像月亮的影子，随游子们到海角天涯。此组诗把打工诗人的爱恨情仇表达得淋漓尽致，故乡、城市、亲人、工友，这些挥之不去的元素交集与感染，宛如发酵的酒引子，导致诗人的思潮发酵，酿出一坛自具特色的诗酒。

离别的时候我们没有握手

离别的时候我们没有握手
我们忽略了这简单而普遍的礼节
仅以没有道别的道别
互致尽在不言之中的祝福

既然渴望故土长出参天大树
既然渴望青春能够潇洒自如
既然渴望冲破生命的局限
那么，就把你我都交给大海吧
生命之舟是永远也不会倾覆的

当鸿雁衔去千山万水的思念
当白云载来异国他乡的问候
当苍穹降下太阳的金箭
我们位于不同的经纬
感应生命相同的热烈

离别的时候我们没有握手

握一下你细滑如云的小手

你可以忘记我

忘记逝者如斯的过去

但只求你

千万不要忘记祖国

（载《特区文学》1999年第3期）

【王熙远点评】这是一首爱情送别诗，写于那个出国热的年代，写出了两个意气风发的男女，为了理想和事业，各自展翅高飞的情愫。为了“冲破生命的局限”，诗人曾经钟爱的姑娘，就要离开自己的祖国了，真是欲说还休。第二段读起来感觉到时代青年充满反叛意识，也比较有诗味。最后一段透露出对祖国深深的热爱，“千万不要忘记祖国”是诗人的寄望，也显露出诗人的缠绵。没有经历那个特殊的年代，很难理解那时“出国潮”的动力是什么，此诗可作如是观。

一百万人恋着同一个名字（外两首）

【题记】据当年保守估计，深圳的打工队伍已超过一百万人。

一百万人同时恋着一个名字
这是一个充满爱意的名字

她怎么能记住一百万个名字
无边的爱慕产生淡淡的嫉妒

要她忘记999999个名字来爱我
这是多么不可思议的残酷

离开她我就有一种失恋的感觉
爱既有欢愉，也有痛楚

不管她是否喜欢我，爱我
今生今世都要交托给她审判做主

在一百万个求爱者之中
我祈求有一个平等竞争的位置

流水线之歌

流水线是一条奔流不息的河
我们就在河里泅渡拼搏

我们是成群结队的鱼
朝着同一流向飘泊、飘泊

游历暗礁也穿越激浪
体验苦恼也收获快乐

我们是河面上的点点帆影
风的力量使我们振奋洒脱

我们眺望河的尽头
感应那波涛汹涌的大海之歌

没有我们，河将失去意义
没有我们，哪有五彩缤纷的生活

这个城市没有记住我的名字

期望乘着铺天盖地的浪潮
溪鲫般敏捷潜入这座城市

如果我成为这个城市的一分子
就有构成砖和瓦的义务和权利

但深山的魂魄树木的精灵
却给我烙下深深的胎记

飘流，在乡村与城市之间飘流
不属于乡村也不属于城市

打工永远没有安全感归属感
永远望着水泥建筑流兮盼兮

哦！好奇的小鹿伸长脖子
这个城市没有记住我的名字

（载《特区文学》1995年第4期）

【王熙远点评】这是一组饱含辛酸的打工诗歌，是一般人所无法体味的幸福、欢欣、痛苦和不幸。这里没有田园牧歌式的惬意和悠闲，有的只是紧张的节奏、无情的打卡钟和流水线。打工生活的漂泊和艰苦，面临激烈的竞争和严峻的生活，却透露出对生活的深深渴望。“如果我成为这个城市的一分子/就有构成砖和瓦的义务和权利”。这些诗歌通俗易懂，却透露出多么真挚的情感与追求！游离于乡村与城市之间，打工的意义何在？漂泊的人生何处是尽头？应该说这是当今打工诗歌中最具现实主义的代表之作。

看脚下

深圳，你这只美丽的船

有多少人拉纤
有多少人鼓帆
有多少人焦虑
有多少人企盼
在茫茫的大海中拼搏
为你寻找富饶的海岸

啊……深圳
你这只美丽的船
海风给你挂上一串串浪花的项链
春天给你戴上一圈圈芬芳的花环
情侣们的耳语是你优美的船曲
建设者的号子是你动听的合唱

啊……深圳
你这只美丽的船
你满载着我们世世代代的梦想
从遥遥远远的龙的故乡里起航

跨越历史的时空将时间追赶
你的名字变得更加美丽辉煌

啊……深圳
你这只美丽的船
美——丽——的——船

（载《特区文学》2001年第3期）

【王熙远点评】这是一首歌词，根据歌词判断应该创作于上世纪80年代。80年代的深圳，有的是热火朝天的工地和对美好明天的向往。那时把深圳比作是一只美丽的船，充满理想主义色彩。作者的激情和理想点燃了美丽的诗行。从字里行间可以看出年轻诗人的积极进取和好学向上的身姿，全诗呈现出一派特区早期建设者的浪漫情怀。

合同工形象

点燃曾经失落的信念
点燃青春无悔的火光
在这片红色的热土上
我们雕塑合同工的形象

尽管理想曾经迁移
尽管信念愈显消瘦
海水已经漫过我的胸脯
我紧握你的手，紧握你的手

户口拴在祖父的古榕树下
我们在这片崛起的海岸
寻找一个拼搏的位置
呵!我们以青春的名义
跟生活签订一份崭新的合同

握着即将消逝的陌生
背负几代人沉重的梦想

我们走出乡村,走进工厂
呵!流水线飘泊着乡愁
也涨满我们青春的企盼

我们弹响青春的六弦琴
在这片红色的热土上
我们塑造合同工的形象
让青春点亮每一个梦想
每一个梦想

（载《特区文学》2001年第3期 ）

【王熙远点评】这首诗创作于上世纪80年代，那时合同工也即临时工，相对正式职工来说，没有户口、工资低、缺少保障，相当于现在的农民工，让人瞧不起。合同工那时是一个贬义词。“我们在这片崛起的海岸/寻找一个拼搏的位置”，既无奈又充满斗志。这里反映早期农民工还是比较具有奉献精神和充满积极进取状态的，与后期的新生代农民工相比，他们较少主张自己的权益与诉求。诗人在这首诗里以歌颂这个群体的奉献精神为主旋律，充满了积极进取的正能量。

AA 超能胶的妙用

父亲年满花甲那天
便决意要同田地说声再见了
犁耙农具传给了兄长
父亲说你是读书人
就传你一只祖传的青龙茶壶吧
要我把它供奉成圣物

这是祖宗的东西
这是神圣的东西
这东西能保平安得福气
这东西使你患得患失
这东西是精神世界的魔域

那天茶壶从我的掌心意外掉到地上
躺成了一片支离破碎的遗憾
我辜负了先人的重托
白炽的灯光下我是负罪累累的人呵

电视广告AA超能胶的妙用
我从赎罪的冥冥中醒来
清扫了祖先的支离破碎
嵌镶成一只现代茶杯

AA超能胶，我会感激你
AA超能胶，我会记住你

【赵目珍点评】这首诗看似是一首带有缅怀意义的诗，但实际上也是在解构一种古老的传统。其解构的方面是：在传统的理念中，“传家之宝”是无比珍贵的，但物有两面，“这东西能保平安得福气”，同时也“使你患得患失”，“是精神世界的魔域”。但作者对“祖传的青龙茶壶”的谨小慎微又体现出传统的一面。不过其结局似乎还是解构，因为作者的落脚点是对AA超能胶的“感激”，因为它从一定程度上“还原”了“祖传的青龙茶壶”。所以这是一首糅合了传统和现代性的诗歌。

鲜花上升十八楼

一怀抱鲜花
乘电梯
从一楼上升
上升到十八楼
花们保持不变的笑容
十指纤纤的笑容
异样的眼光
飘飘欲仙的香气

鲜花兹因不同的出身
扮演不同的角色
只是少了泥土的气息
和村姑的羞涩
现在花们拥抱在一起
展示某种热情
花香在上升、上升
像一朵蘑菇云在上升
有九百九十九朵吗

送花人说：

对不起，到了十八楼

（载《特区文学》2001年第3期）

【赵目珍点评】这是一首呈现日常生活体验的小诗。作者从一次坐电梯遇见某人送鲜花的小事写起，然后叙写由此及彼而产生的联想。这联想之中有思考，有想象。最后在一个简单的对话中收束。诗歌的结尾，出于事实，自然而真切，但又有些意想不到的效果，令人惊奇。

一个普通老人
——写于河内胡志明故居

一个慈祥老人，一生未婚
却拥有一个国家的爱情
他那充满智慧的山羊胡子
是勇敢和不屈的象征
一个弱小而贫穷的国家
为何难于征服，不可欺凌？

他是一个老实巴交的农民
他是慈祥的爷爷尊严的父亲
他是一个普普通通的不畏牺牲的战士
他的双眸射出两把利剑
世界上没有一个民族
崇尚战争
但世界上没有一个民族
惧怕战争
当熊熊的烈火
烧红了愤怒的眼睛

生命就要爆炸出
钢铁般的声音

如今昔日流血的伤口
已绽放出橄榄枝和白鸽的翱翔
战争机器成了人们瞻仰的对象
一个老人笑得仍然是那么慈祥

（载《特区文学》2002年第1期）

【赵目珍点评】从题材上来讲，这是一首人物诗。从文学的角度看，写人物有刻画外貌的，有写精神的。就诗歌这种体裁而言，刻画外貌似乎不是它的特长，因此透过细节或者象征来写精神就成为惯用模式。此诗显然是抓住了这一点。诗的题目为“一个普通老人”，但作者却竭力通过描述来展现他的“不普通”，这就是精神的象征意义。从技巧上而言，诗歌从头到尾都在处理一个“普通”与“不普通”的平衡问题，解决了这一矛盾，诗歌便成功了。

时间之矛，民族之盾

在好望角的岩石上
我看见大西洋了
那充满激情的大西洋
那气象万千的大西洋
乌云翻滚，白浪滔天
涛声如鼓，荡气回肠

我看见了曼德拉老爹
纳尔逊·罗利赫拉赫拉·曼德拉
就站在大西洋小小的罗本岛上
用尖镐和铁锹开采石灰石
一镐一镐，一锹一锹
一挖就是二十七年
那战胜过寂寞与苦难的尖镐
那浸透着仇恨与宽容的铁锹
被那双黝黑而正义之手紧紧地握着
理性与尊严锻造“时间之矛”

仁爱与宽容锻造“民族之盾”
浩瀚的大西洋博大而没有止境
犹如曼德拉宽大的胸膛

企鹅在款款漫步
鸥鸟在展翅翱翔
海豹在追逐惊涛骇浪
豪特湾挂起远航的船帆
大西洋，你
日夜不停地歌唱
永远的胸怀，无私的品质
朴实的作风，惊人的力量
一个囚徒成为一个总统
一个地球上最有力量的人

大西洋呵！大西洋
比你力量强大的是人格的力量
比你胸怀宽阔的是人类高尚的心灵
而你，引发我感动的

不仅仅是南非动人的故事

还有被平庸的生活所淹没的激情

（2005年8月15日稿于南非开普敦）

【赵目珍点评】这首诗可以称作是对“大西洋”的一种漫想。首先是对大西洋的赞赏，其次联想起“曼德拉老爹”，然后歌颂这位伟人，最后再进行引申。从某种程度上讲，这首诗也是一首缅怀曼德拉的诗，因为他的身上体现了“大西洋的精神”。此诗的成功之处在于以物来写人，而其共通之处乃在于抽象的精神（引申为人格）。诗人抓住了这一关键，诗歌的展开便容易多了。

致泅渡者

【题记】某诗人送我一本诗集《泅渡者》，并题词“我是长江”。

奉读一本泅渡者的纯净
它虽比不上滞销的商品
却是诗人最珍贵的馈赠

“我是长江”
长江是什么
是一种古远
是一种壮阔
是一种力的追寻

拥有一个抒情的夜
掂一根劣等烟
喷出一串相同的感触
贫穷是诗人！
富足也是诗人！

【祁念曾点评】荷尔德林曾经说过：“在一个贫瘠的年代里，诗人有什么用呢？”这是一个令人深思的问句。除非人类自我毁灭，否则诗人在地球上是不会消亡的。在这个崇尚自我与利益的时代，真正的诗人都可能被边缘化了，但诗人自我感觉良好，因为，“贫穷是诗人!/富足也是诗人！”

洗耳

大连印象

冬季的大连
竟然没有风雪
是她
不忍心给我
冰冷的面孔吗

大连是座英雄的城市
那里有猎枪和美酒
有港口开发区和国际服装节
那里有篮球大腕和足球明星
更有震撼世界体坛的
马俊仁——马家军

流连于大连的街头
惊奇地发现
大连红、白、黑，格外分明
红的是姑娘的嘴唇
白的是姑娘的脸庞

黑的是姑娘的眼影

伫立于大连的街头
真想握住
一个陌生姑娘的手
动情地说一声
你好！大连

（载《开放日报》1994年12月13日）

【祁念曾点评】大连市位于中国辽东半岛上，东濒黄海，西临渤海，受海洋性气候影响，冬季降雪较少，诗人居然认为“是她/不忍心给我/冰冷的面孔吗”，自作多情得十分可爱。诗的结尾把大连这座城市拟人化了，显露出诗人浪漫的情怀。“伫立于大连的街头/真想握住/一个陌生姑娘的手/动情地说一声/你好！大连”，直白却不缺少诗的韵味。

三毛三毛我们去流浪

三毛，你的笑容是火
抚摸着你的笑容
就有被燃烧的感觉
你的目光是水
进入你的目光
就有被淹没的危险
哦哦！三毛
你的褴褛竟是如此瑰丽
你的终结竟是如此璀璨

三毛，我收不回对你的膜拜
然后唱你的《橄榄树》
然后告别家乡告别爹娘
然后到处流浪，到处流浪
哦哦！三毛
流浪实在有太多太多的苦难
当我意志消沉之时
就想你义无反顾的身影

就看见梦里你对我的呼唤

燕子燕子你们来作证
三毛三毛我们去流浪

【祁念曾点评】这是诗人参观三毛绝世遗照展后所写的诗。摄影师肖全1990年秋天在成都柳荫街小巷为诗人三毛照了100多张黑白照片，浪漫与不羁，苍凉与忧郁，偶尔露出凄美灿烂的笑容，令人心弦颤动。诗人是这样形容的："你的目光是水/进入你的目光/就有被淹没的危险"。1991年1月4日台湾诗人三毛的自杀，引发了诗人们永无休止的回忆与吟唱。

某日的思绪

在你波涛汹涌的潮汐里
有我微不足道的蝌蚪
在你阳光潇洒的瀑布里
有我疾疾低飞的蜻蜓
在你清澈喧响的怀抱中
有我奔驰的笔
和燃烧不熄的灵感

开着激昂的车子
马路响彻爱的歌声
是爱，就让她照亮苍天
是恨，就让她烧红眉眼
假如我焦渴的心湖
已蓄满生活的苦水
那么，请给我甜蜜和安慰

【祁念曾点评】这首诗中的定语句子漂亮极了，如“波涛汹涌的潮汐、阳光潇洒的瀑布、疾疾低飞的蜻蜓、清澈喧响的怀抱、奔驰的笔、燃烧不熄的灵感、爱的歌声”等等。这首爱情诗又让人读得很过瘾，“是爱，就让她照亮苍天/是恨，就让她烧红眉眼”，多么强烈的爱和恨！

寻找诗歌

是漫天飞扬的白雪
是千姿百态的枝头
是山谷的轰鸣天空的雷电
是浴血的旗帜壮士的呐喊
是月下的柔情无畏的激动
不！不！这些都不是

是孤独，是寒贫，是虚荣
是嘈杂，是坎坷，是痛苦
是城市玻璃窗外疑惑向往的眼神
是千古绝唱万古呻吟
不！不！这些也都不是

爱情很古老吗
感情很泛滥吗
金钱很可爱吗
诗歌很无聊吗

爱情在哪里
诗歌在哪里
幸福在哪里

寻找爱情
就是寻找牵肠挂肚
寻找心灵的港湾
寻找失去的永恒
寻找欲说还休的悔恨

寻找诗歌
就是寻找善良
寻找正义
寻找勇敢
寻找轰轰烈烈

寻找幸福
就是寻找理想的风帆
寻找理解与支持
寻找今生今世的无悔无恨

爱情，诗歌，幸福

你们在哪里？

（载《南山日报》1996年7月22日）

【祁念曾点评】爱情在哪里？诗歌在哪里？幸福在哪里？需要我们终一辈子去寻找。诗人只告诉我们，“寻找爱情/就是寻找牵肠挂肚”，寻找诗歌就是寻找轰轰烈烈，寻找幸福就是寻找今生今世的无悔无恨。最后，诗人发自内心地呐喊：“爱情，诗歌，幸福/ 你们在哪里？”

港湾学校的水塔

曾经渴望与船为伍，追波逐浪
向往那深深的海洋
曾经渴望比翅海鸥，张开臂膀
搏击那淋漓尽致的风浪
曾经渴望沐浴朝霞，升起桅杆
迎接那初升的太阳
曾经满怀理想，汽笛长鸣
憧憬着那迷蒙的海港
但当激情如潮水般退去
岁月却站立成僵硬的远望
一群倦鸟知还的海鸥
在岩石上合上潮湿的翅膀

回到大海里去吧
是谁站在云端，对我们呼唤
是谁站在大海，对我们呐喊
回到大海里去吧

让沙滩上的贝壳重新获得生命
让青春的海星星依旧金光闪闪
我们热情拥抱，紧紧握手
握住彼此熟悉而又陌生
握住时间的硬度
和岁月不变的柔情

让我们回到大海里去吧
任由大海的满怀激荡
拍打我们沉重的枝干
任由大海的丰富和神奇
升华我们生活的平淡

回到八十年代里去吧
那时我们青春年少
无所畏惧，多愁善感
回到港湾学校里去吧
校园路旁的梧桐树，依然沙沙作响
教学楼下的白玉兰，依然尽情绽放
穿越梦境，黄浦江的汽笛远了远了

只有那高高的水塔
——港湾学校的水塔
一站就是三十年哪！

三十年过去，弹指一挥间
东边的公交站，西边的农田
南边的小河，北边的油库营房
早已高楼林立，车水马龙
哦！港湾学校的水塔
你多像一个阅历丰富的老人
单纯、谦卑、执着
满脸都是铁雨风霜

哦！港湾学校的水塔
那时你多像我们的青春
有点苦涩，却又多愁善感
有点固执，却又朴素多情
有点自卑，却又企望名扬四方
是你教我用心灵寻觅
空中的鸽哨和远方的海港

当年的我是一只丑小鸭

在你伟岸的身躯下

背诵英语单词，偷写爱情信件

多少次我在梦中惊醒

你站立在港校的姿势

让我刺痛，黯然神伤

现在，三十年过去了

让我就站在你的身旁

静静地仰望着你

仰望着我三十年前的初恋

哦！港湾学校的水塔

我的血液里有你供给的水分

我的生命里有你氯气的味道

是你带给我欲说还休的眷恋

带给我中年的回忆和少年的忧伤

你是我们青葱岁月的见证人

你是我们茫茫生活中的灯塔

你是我们精神世界里的脊梁

啊！港湾学校的水塔

上海浦东大道2600号

哦！上海港湾学校

梦开始的地方！

（2009年10月25日稿于上海华夏宾馆）

【祁念曾点评】三十年过去，同学聚会，“千般感慨一杯酒，万里疲劳半碗茶”，岁月无痕，欲说还休！是啊！我们都有相同的感触，青春、理想、母校、初恋，这些都是每一个人学生时代难于忘怀的年轻记忆。在诗人的笔下，酸酸甜甜，苦苦涩涩，正是青葱岁月最真实的写照。“回到大海里去吧”，诗人祈望平静的生活里，增加一点激情与浪漫！

蛇口，请接受我的爱吧

蛇口

请倾听我的歌吧

请接受我的爱吧

你

是中华人民共和国的

一块神圣领土

我

是生长和战斗在

这块领土上的一个平凡公民

我对你的爱

正像爱我的亲生父母

爱我的兄弟姐妹

爱我的生活侣伴

我的爱呵

像那多情的春风

我的爱呵

像那热烈的阳光
我的爱呵
充满着对你的渴望
我要把我的青春献给你
我要把我的生命献给你
我要把我的一切
一切的一切
都献给你呵
蛇口

蛇口
请倾听我的歌吧
请接受我的爱吧
你
是一轮初升的红日
你
是一个活泼的姑娘
你
是咱们中国的希望之窗

蛇口

我来了

我来自玉米飘香的黄河两岸

我来自美丽富饶的长江之畔

我来自伟大祖国的每一个地方

蛇口

我来了

我踏着欢快的步伐来

我披着五彩缤纷的朝霞来

我乘着太阳风鼓动的风帆来

我从地底的裂缝里醒着来

蛇口

我来了

我来了

不要辜负了我对你的殷勤

绝不能使我们的理想成为泡影

蛇口

我是你的儿子

我是你的奴隶呵

蛇口

怎么能够忘记

当美被抹黑

当爱被扼杀

当历史的车轮

陷在污秽的泥坑里

当折翅受伤的大鹏

在坠落

在呻吟

在挣扎的时候

当偷渡淹死者浮肿臭烂的身躯

席卷上你美丽而荒凉的沙滩的时候

海鸥

在海空中悲吟

孤帆

在海浪中飘荡

仙人掌

向大海伸出颤抖的手

呼喊着那遥远的血色

经过沉默

经过死亡

经过爆炸

经过阵痛

蛇口

我们终于埋葬令人发指的疯狂岁月

我们终于迎来了中国的春天

“中国人在创造着自己的大地

中国的大地也在创造着人”

聂鲁达您这智利伟大的诗人

您道出了我们的心声

蛇口感谢您

中国感谢您

蛇口

你听

你看

鸦片战争的炮声余音未消

虎门销烟的火光尚在萦绕
举起三元里人民的扁担和锄头吧
开创未来，踏着伶仃洋里的浪涛

不要羡慕那扬米旗下的繁华
我们要拼命建设自己的国家
东方的巨人就要站立起来了啊
让那些鄙视我们民族的人见鬼去吧

蛇口
我们有志气有信心有能力
我们搞了“五通一平”
优化投资硬环境
我们搞了人事改革
允许自由“炒鱿鱼”
我们强调了民主法制
举行了民主公开选举
我们讲求经济效益
提倡办实事少扯皮
顾客就是皇帝

我们给中国提出了响亮的口号
“时间就是金钱
效率就是生命”

蛇口
你很年轻很美丽很可爱
但你绝不是神童
更不是缺氧婴儿
你有一群敢想敢干的年轻人
失败了不要紧
关键是我们做了事情

当阳光照射着白楼绿树
气垫船犁开雪似的浪花
洒水车徐徐开过整洁的街道
小学生过马路摇手说拜拜
蛇口
你这玫瑰卫星城
难怪游兴勃勃的尤德爵士都感叹
香港也没有这样的高速度

蛇口

你是特区建设的前锋

你是实现四化的前驱

你是改革开放的必然产物

你是我们的骄傲

我们的道路

我们的生命

在你的身上

凝结着十多亿中国人民的心血

在你的身上

证明了我们的事业正大光明

在你的身上

我看到了中国的希望

蛇口

请倾听我的歌吧

请接受我的爱吧

我要把我的青春献给你

我要把我的生命献给你

我要把我的一切

一切的一切

都献给你呵

蛇口

（1983年元旦草稿，1987年9月第二稿，均于招商局蛇口工业区）

【周思明点评】1983年元旦写就的《蛇口，请接受我的爱吧》这首长诗中，诗人感情一泻千里汹涌澎湃，如今读来仍让人感动。黄海抒写特区的诗作，既注重情感的宣泄，又讲究诗意的营造。从诗写手法上说，既有马雅可夫斯基的神韵，也兼具郭小川的诗美风格。

“尤德爵士”，前香港港督，曾来蛇口工业区参观访问，1986年12月5日病逝于北京。

生命的主题词

【题记】陈为炽同志是深圳招商局蛇口工业区保安队小队长，4月15日在与凶徒的搏斗中不幸英勇牺牲，队员们在他的口袋里搜出一份沾满鲜血的“如何当好小队长”的材料和三块被鲜血融化了的巧克力……

4月15日早晨8点零8分

异常冷酷的天空

凝固了所有鸥鸟的翅膀

你躺在病床上

静静地睡着了

你梦见自己变作一只神鹰

正依恋盘旋在深圳的上空

呵！你踏遍深圳的每一寸土地

熟悉深圳的一草一木

你怎能容忍罪恶

玷污这个美丽的地方呢

多想像往常一样

你和队员们有说有笑

夹在上班的单车河流中

奔赴各个保安岗位
但是你却长眠不醒了
那份“如何当好小队长”的材料
和那三块被你的鲜血融化了的巧克力
榜示了你生命的主题词
那就是：尽忠职守，舍生取义

现在我们这个社会
讲究实惠的人太多了
可是他们，谁敢
用生命去承包一个死亡
用鲜血去面对凶徒的匕首呢
那个怕你纯洁的热血
弄脏他的小轿车的司机
到底是他脏
还是你脏

是的，你太热爱生活了
因此你现在后悔
后悔从今以后
再也不能给父母多寄一分钱了

再也不能为深圳站最后一班岗了

再也不能向你钟情的姑娘

透露你那丝苦涩的爱了

可是我是知道的呀

你的英灵

就算化作海鸥化作大鹏

也要捍卫这块土地啊

因为这块热土

洒下了你生命的最后一滴血

（载《蛇口消息报》1991年6月17日）

【周思明点评】人格即诗格。人格修养的高低，决定着诗格的高低。从诗人黄海的诗作内容和透露出来的思想感情上，我们可以感受到他的诗格之脱俗，其新诗如《生命的主题词》，体现对牺牲保安员的人格赞美和终极关怀。据说，陈为炽是中国改革开放后第一个牺牲在保安岗位上的专职保安员，此诗乃是关于保安员的开创性颂歌。

我一直在等你

是你亲口说的
要我耐心等你
我就一直在等你
我在水的一方等你
我在李商隐诗句里等你
我在司马相如琴声里等你
我在人面桃花相映红门外等你
我在浔阳江边的月色里等你
我在南国的红豆树下等你
我在西湖的柳絮下等你
我在绿肥红瘦里等你
我在普救寺里等你
我在长江头等你
我一直在等你
我苦苦等你
我等累了
还在等
我等
你

你让我等得累极了

就坐在时光河流的岸边

看摆渡的船，点一根香烟

我一直在等

然后天空就下雨了

我擎举着雨伞

等待在悠长悠长的雨巷里

【周思明点评】诗人以古典诗词作为背景的诗歌书写，较好地拓展了诗歌内涵的内容边界，衬托出“等你”的时空之长久，以及对得之不易的感情之珍惜，最后借用戴望舒《雨巷》的意境，含蓄地暗示出作者既迷惘感伤又有所期待的情怀。

青春，美丽之熵

是什么
比诗歌更抒情
比小鸟更快乐
比太阳更热烈
比月亮更温柔

是什么
比星空的幻想更丰富
比大海的胸怀更广阔
比小溪的脚步更轻盈
比鲜花的笑容更迷人

是谁
说她很美丽
但我却茫然无知
当我知道她的珍贵
她却像小鸟一样
早已没有了踪迹

【周思明点评】熵，在物理学上系指热能除以温度所得的商数，标志着热量转化为功的程度。社会科学上用以借喻人类社会某些状态的程度。用“熵”来比喻容易伤逝的青春，有点费解，也有点无奈，它使人联想到罗大佑的《青春舞曲》：“我的青春小鸟一去不回来。”

琴 心

致佛罗伦萨

谁因诗歌而荣耀
谁因诗歌而快乐
谁因诗歌而愤怒
谁又因诗歌而伤悲
佛罗伦萨
你能告诉我吗？

佛罗伦萨
不知道曾经拥有
一个冷艳的名字
七十多年前
一个踌躇满志的中国诗人
在你三环洞的桥上散步
在你橄榄林里独自吟诗
他给你起了一个名字
——翡冷翠

佛罗伦萨
也许很多中国人不认识你

但你拥有一串划时代的名字
米开朗基罗、拉斐尔
但丁、达•芬奇
佛罗伦萨是意大利
亚平宁半岛上的一个小城镇
那里充满阳光和创造力
她显露出“文艺复兴”的曙光
驱散西方的凄风冷雨
作为来自东方的匆匆过客
仅仅给你背来了“四大发明”
还有一双奇异疑惑的眼睛

佛罗伦萨
你这人世间的艺术宫殿
你这美轮美奂的人间天堂
你该让我带走什么？

（2002年8月2日写于佛罗伦萨）

【周思明点评】佛罗伦萨是欧洲文艺复兴的发源地。1925年夏天，诗人徐志摩游学欧洲，在佛罗伦萨写了一首诗《翡冷翠的一夜》，徐诗写的是情爱缠绵，此诗写的是旅游感触，尤其对欧洲文艺复兴的敬仰，隐含诗人对中华民族复兴的殷殷祈望。

塞纳河恋歌

塞纳河呵，塞纳河
你是法兰西浪漫之河
悲欢离合之河
依偎在你的怀抱之中
作为一个东方游客
因你而沉醉，而忘情高歌

1997年的8月31日
凌晨的塞纳河畔（隧道）
一朵醉红色的英格兰玫瑰
落英缤纷，訇然璀璨
她的光彩与美艳
恰如一颗耀眼的流星
让世人注目和惊叹
呵，塞纳河
你轻歌曼舞而又冷眼旁观
熟视无睹河岸的壮烈与浪漫

塞纳河呵，塞纳河
我要为你歌唱
歌唱你的埃菲尔铁塔、凯旋门
歌唱你的自由女神、卢浮宫
歌唱你的巴黎公社、拿破仑
歌唱你的巴黎圣母院、协和广场
歌唱你的梦露香水、香榭里时装
歌唱你的蒙娜丽莎的微笑和维纳斯的臂弯

塞纳河呵，塞纳河
你是法兰西浪漫之河
你是世纪悲欢离合之河

（2002年8月9日写于巴黎）

【周思明点评】巴黎乃浪漫之都，塞纳河则以女神命名。作为匆匆过客，诗人的吟唱是那样充满激情。1997年8月31日凌晨，有英格兰玫瑰之称的戴安娜王妃，因交通事故玉殒于塞纳河畔的一个隧道里，全世界为之唏嘘。此诗以该事件为载体，抒发了诗人的歌咏情愫。

深圳拓荒牛速写

你浑身充满爆炸的力
力的扩张力的凝聚
你有骆驼的忍耐
　　骏马的雄姿
你有灵犀的触角
　　猛虎的斗志

（载《特区党的生活》1990年第9期、《深圳特区报》1991年12月29日）

【周思明点评】深圳拓荒牛作为深圳早期建设者的象征和著名城市雕塑，要用文学来描述它，并不是一件轻而易举的事情。在这首诗里，诗人巧妙地用“骆驼、骏马、灵犀、猛虎”这四种人类喜爱的灵性动物，来比喻深圳具有“坚忍、潇洒、敏锐、勇敢”的城市性格，作者的洞察力是独特的，也是高超的。

两种才情，一手好诗

——读黄海《律诗与新诗合集》随感

唐小林

黄海，作为中国改革开放后率先赶赴深圳拓荒的年轻一代，在积极投身于深圳飞速建设的同时，火热的现实生活更是激起了他燃烧的诗情。在这片神奇的土地上，日新月异的建设热潮和崭新的观念，时刻都在吸引着黄海，从而促使他拿起手中的笔，饱蘸着青春的激情，写出了一首又一首与我们这个伟大时代脉搏一起跳动的优秀诗篇。1987年，黄海和酷爱诗歌的年轻人一起，在其工作的蛇口工业区，成立了蛇口半岛诗社；从此，蛇口就成为黄海诗歌写作的主战场。可以说，黄海青年时期的诗作，许多都与蛇口工业区血肉相连。30年过去了，昔日在中国大地受到年轻人疯狂追捧的诗歌，已经越来越淡出人们的视线。然而，即便是当年那些狂热地追求缪斯女神的许多年轻的诗人们也都已经移情别恋，黄海对于诗歌的热爱却仍然是痴情不改，一往情深。在诗坛的喧嚣声日益甚嚣尘上的时候，他并没有像某些浮躁的诗人那样，热衷于去吸引读者的眼球，在功名利禄的驱使下，走向一条诗歌写作的野路子，将写诗当作制造垃圾，去写作一些诸如“下半身”、“梨花体”、“羊羔体”和“废话体”那样的作品，刺激读者的胃口，掀起一团又一团文坛泡沫的“娱乐诗”。在诗歌越来越成为文字游戏的当代诗坛，黄海毅然地暂别了新诗的写作，一头扎进古典诗歌的艺术领地，开始了他的律诗创作的新尝试。诚如诗人自己所说："当今社会，尽管做一个诗人是贻笑大方的事情，是自寻苦恼的行径，但我仍然义无反顾。做一个诗人需要勇气，更需要牺牲。"勇敢地做一个诗人，这既是黄海发自内心的呐喊，更是其对当下诗坛堕入泥潭发出的勇敢挑战。笔者日前读到的这本《律诗与新诗合集》，可说是黄海对其多年诗歌写作生涯的总结和展示。

一、独特和敏锐，显露别样才情

俄国诗人瓦莱里·勃留索夫在其《对形象的追求》一文中说："根据所从事的艺术的特性的要求，诗人应当让读者把词语不是当作概念，而是当作直接诉诸感觉的东西加以接受。诗人应还每一个词以它最初的易动感情的意义。正是由于这个缘故，诗人们努力寻找新的词语组合、新的形象、新的隐喻（也指一般的'譬喻'）。"深谙诗歌写作艺术的黄海，在写作的道路上，更是与瓦莱里·勃留索夫灵犀相通。作为一个诗人，黄海诗歌写作的题材是广泛的，其视野涉及政治、艺术和人生中的爱情、亲情和友情。无论是看似枯燥的数字，还是高科技的试管婴儿，许多在一般人看来不能入诗的东西，统统都被吸纳进了黄海的诗中，并且写得是那样耐人寻味，妙趣横生。无论是咏物怀古，还是托物言志，黄海所追求的，始终都是诗意的表达和艺术的美感。如："南方的土壤北方的种子/哺育着充满生机的诗歌之树//坐在树下我给你写诗/望着挂满树梢的诗歌精灵/唐诗是写给你的浪漫/宋词是写给你的意境/元曲是写给你的委婉/新诗是写给你的激情/而被秋姑的小手摇晃着的树叶/每一片都是惠特曼式的抒情//哦！诗歌之树！诗歌之树/让我们在你的衣冠之上构筑/不能躲避人生风风雨雨的小巢/却能遥望大海喷薄的日出”。（《诗歌之树》）又如：“我不是完美主义者/要等到‘海上生明月’时/才给你写诗/在‘才下眉头却上心头’的煎熬里/日日夜夜/你都是我的唐诗宋词！//我不是形式主义者/要等到月圆时才思念你/在你离开我的日子里/每时每刻/你都是我的中秋！”（《你是我的中秋》）在诗人的笔下，爱情一旦闯入年轻人的心中，一切都是那样的美好和充满诗意，一切都可以像美国诗人惠特曼那样火山爆发似地尽情歌唱。在诗中，诗人为我们揭示出了什么才是爱的真谛。在诗人看来，爱情就是“因为爱，所以爱”的心心相印，它不需要任何冠冕堂皇的理由和为了吸引人们眼球而进行的舞台走秀似的表演。在这两首诗中，诗人没有一个字是对那些游戏爱情的人所进行的抨击，但即便是一篇长篇学术论文都未必能够阐述清楚的道理，却在诗人的一首小诗中被鞭辟入里，以诗意的方式深刻地揭示了出来。就像法国著名诗人、诺贝尔文学奖获得者圣琼·佩斯所说：“诗人通过类比与象征思维，通过想象与沉思，通过形象的启示，还通过诗本身的节奏与语言的优雅，将自己投入到一种科学无法达到的超现实境界。对于人类来说，难道还有比这更激动人心，更明显的逻辑吗？”

当诗坛许多追赶时髦的先锋诗人将诗歌写作当成一种时尚书写的时候，“头重脚轻根底浅”的诗人们几乎就不可能写出那种触景生情、沉郁顿挫的怀古之作。而黄海的《凭吊圆明园遗址》，可说是一首难得的佳作：“这个伤口/烙得炎黄子孙好痛/相机举起又放下/生怕这残圩断墙/刺激我们的一生//为中国不再有新的伤口/我们应该如何奋斗”。一个“烙”字，是那样的火烧火燎，精准形象；短短的51个字，却字字重如千钧，猛烈地叩打着读者的心扉，让人不得不在沉痛中思索，一个民族屈辱的悲剧怎样才不会重演？唯其如此，著名诗人吉狄马加盛赞黄海的诗歌“表现了诗人艺术构思的独特魅力”，“是传统艺术的继承和艺术探索之作”。作为一个特立独行的诗人，黄海有一种“把一切所及之物升华为诗”的天赋和本领。这里我们不妨来欣赏一下《殡仪馆随笔》：“肃立在安息者面前/脑子里是一格格灰白的空间//幽怨的哀乐似水/淹没尘世一切的欲念/没有海鸥、白帆、鱼虾和大白鲨/只有我们光洁的胴体浮动在水面//死者是一面褪色的古铜镜/照不见生者真实的新鲜/死亡和生命默默对视/然后挥泪暂别，情意缠绵//一阵活生生的风吹醒了我们/我们重又游入充满竞争的大自然”。大千世界，物欲横流，打开每天的电视或者报纸，哪一天没有贪官被双规、儿童被拐卖、财物被飞车抢夺、病人因小病而被庸医治疗死亡的报道？而这一切，只有到了殡仪馆里才有可能在顷刻之间戛然而止。然而，就像诗人痛心疾首所说：“死者是一面褪色的古铜镜，照不见生者真实的新鲜。”短暂的沉默和欲念被遏止，在“被一阵活生生的风吹醒”之后，人性的弱点和追求欲望的死灰旋即就又开始复燃。生老病死，这无非是一种人生的常态，当代诗人中，有几个人从殡仪馆里发现过“诗”？以死人来写活人，从而深刻地揭示和抨击人类的劣根性，其独特的视角和敏锐的观察，成就了黄海诗歌写作中这首出乎其类、出类拔萃、过目难忘的好诗。就像朱光潜先生所说：“诗人和艺术家的眼睛是点铁成金的眼睛。生命生生不息，他们的发现也生生不息。”黄海对于诗的发现，始终贯穿于其数十年诗歌写作的艺术探索之中。

二、融合古今，铸就诗意之美

通过《律诗与新诗合集》，笔者惊喜地看到，黄海除了在新诗的写作中纵横驰骋，一展诗才之外，在律诗的写作中，黄海同样是游刃有余，佳作迭出。在众声喧哗的诗坛，除了当今的新诗屡屡遭到无情的奚落之外，律诗的写作同样没有逃脱遭受诟病的厄运。在许多读者看来，当今的律诗写作，往往成为某些政府官员和离退休人员附庸风雅，见啥写啥，毫无艺术含金量的“老干体”。这些“老干体”诗歌，几乎就是顺口溜和打油诗的别名。但在黄海看来，律诗的写作就像是戴着脚镣跳舞，它不仅需要激情，同时更需要才情。倘若没有丰厚的文化底蕴，缺乏对古典诗词的广泛知识和对传统文化的深刻领悟，将律诗写成“老干体”，可说是当今许多写作律诗的人无法逃脱的命运。其遭受读者的讥评，可说是理所当然的事。为了创作出优秀的律诗，黄海反复阅读了大量的古典诗歌和文化典籍，并对这些诗歌从格律到表现手法都进行过仔细的揣摩和分析。在写作律诗时，黄海既注重格律，但又不完全拘泥于格律，反对以格律损害诗歌的意义。他要让人们从其格律诗歌的写作中看见一片艺术广阔的天地。因此，在黄海的律诗写作中，其形式看起来是古典的，但诗中的语言和意识却完全是现代的。黄海在律诗的写作中所要力争的就是创新，将新与旧，古典与现代有机地融合在一起。如：“辗转鹏城岁月殊，以工调干气难粗。班门疏业陶朱计，拣漏追星马未都。能受折磨真好汉，不招嫉妒是庸夫。古稀却作移民客，隔海犹思落叶无？”（《挚友古稀移民澳洲有赠》）诗中所用典故“陶朱”，即指春秋时期越国的大政治家范蠡。传说其在帮助勾践兴越灭吴，一雪会稽之耻之后，功成名就，急流勇退，成为一个著名的商人。《史记》中称其“累十九年三致金，财聚巨万”。在这首诗中，既有耐人寻味的典故，又有“马未都”这样广受追捧的当红收藏名人。其中的“能受折磨真好汉，不招嫉妒是庸夫”一联堪称经典。此诗中，既有做人的心酸和委屈，又有生活逼迫的无奈和绝不苟且，尤其是尾联对挚友古稀之年还要漂泊海外的同情和关怀，不禁让人唏嘘叹息，潸然泪下。

在黄海的律诗中，诸如此类的佳作可说比比皆是。如：“面朝大海海天舒，鸥鹭翩翩日月浮。怀恋小资冬妮娅，神崇右派聂绀弩。身无烦务何妨酒，卡有余钱好买书。从此江山如幸幸，应无豪杰作亡徒。”（《端午节感怀》）而黄海诗中妙趣横生的精彩佳句更是像井喷一样，频频出现。如：“君驭青春持梦笔，世遗大舜可耕田”、“文章自古真情感，名利从来费踌躇”、“怀旧空遗年少梦，立身当为稻粱谋”、“天上玉盘千载好，家中妻女百般情”、“画境入魂魂入魄，佳人如梦梦如花”、“烈酒三杯能壮胆，诗书一卷可疗饥”、“石榴裙下无新事，故纸堆中有旧闻”、“斯人德业长江水，绅士文章女子裙”、“国酒茅台新禁令，文山会海老风尘”，等等，让读者目不暇接，大呼过瘾。

著名学者林贤治说：“诗性直觉是诗人的一种天赋，一种贯穿在情感之中的特殊的认识能力，一种灵魂的特权。”在诗歌的写作中，黄海的艺术直觉可说是极其敏锐的，他有着一种与生俱来的诗性直觉。在谈到其格律诗的写作时，黄海说道：“既然旧体诗词是我们中华民族源远流长的诗歌传统，那么作为一个用汉语写作的诗人，向自己的传统学习是理所当然的事情。”从黄海的诗歌写作中，我们可以看到一条清晰的脉络，从屈原的“路漫漫其修远兮，吾将上下而求索”，到杜甫的“感时花溅泪，恨别鸟惊心”，乃至“安得广厦千万间，大庇天下寒士俱欢颜”这样一种“国事家事天下事事事关心”的忧国忧民的人文情怀。正因如此，当日本政府不顾我国政府的严正警告，公然在2012年9月11日上演了一场所谓的“钓鱼岛购岛”闹剧时，黄海和广大的中国人民一样义愤填膺，他挥笔写下了这样怒发冲冠、热血燃烧的诗篇：“昨梦稼轩挥剑奔，厉声喝我赴辕门。扶桑神社昏鸦噪，东海惊涛骇浪吞。甲午风云遗国恨，卢桥霜月叹哀鸿。何时乘勇斩倭寇，告慰同胞不死魂。”（《保卫钓鱼岛》）

三、师承聂绀弩，百尺竿头新境界

我们知道，在当代文坛上，聂绀弩是以杂文和旧体诗而享誉文坛的。有学者盛赞说，聂绀弩之所以在旧体诗的写作中取得极高成就，正是在于其诗歌中所体现出来的不同于传统诗歌“意境”的“神味”。聂绀弩以游戏的心态为诗，反而由此在很大程度上摆脱了旧体诗在形式上的极大束缚，从而为旧体诗创作开辟了一个新的天地。在格律诗写作的师承上，黄海甚至直言不讳地宣称：“神崇右派聂绀弩。”黄海说：“细心的读者会发现我的律诗有很重的对聂诗的模仿的痕迹，但只要‘新酒’是我的‘新酒’就行了。”诚如法国天才诗人兰波所说：“诗人是真正的盗火者。他要对人类，乃至动物负责，他应当让人感到、触到、听到他的创造。”黄海在师承聂绀弩的同时，更注重的是自己的创造。因此，在黄海的诗中，即便是看似轻松游戏的赠人之作，也往往不乏撼人心魄的艺术力量和令人惊叹的佳句。如：“最丑那人钟国康，雷人黑发黑西装。笔养天地精神气，石刻春秋雨雪霜。丈纸纵横惊四座，方寸气度镇边疆。云开眉目苍穹貌，我自为师岂夜郎？”（《题赠书法家、篆刻家钟国康》）可以说，在黄海的诗中，上至国家大事，下至亲情、友情和爱情，既有气势恢宏的黄钟大吕，又有农家小院的乡村野趣。在黄海看来，其坐落于粤东的家乡观音山村，始终是其梦牵魂绕的地方。唯其如此，黄海在返回曾经生于斯长于斯的故乡之后，才能写出如此情真意切、直抵人心的怀乡佳作：“晴耕雨读结山庐，深谷回声草木苏。满目田园三远色，一溪风月半床书。文章自古真情感，名利从来费踌躇。昔日牧童今访客，流连故地步当车。”（《回家乡观音山有感》）物我一体，亲近乡土和大自然，历来是我国古典诗歌的伟大传统，黄海诗中对故乡的深情回望，与宋代大诗人陆游广为传颂的乡土诗歌可说是一脉相承：“莫笑农家腊酒浑，丰年留客足鸡豚。山重水复疑无路，柳暗花明又一村。箫鼓追随春社近，衣冠简朴古风存。从今若许闲乘月，拄杖无时夜叩门。”（《游山西村》）这种不事用典、出自天然的诗句，不禁让人想起了陶渊明的名句：“开轩面场圃，把酒话桑麻”、“待到重阳日，还来就菊花”。

唐代著名诗歌理论家司空图在其《与李生论诗书》中说：“文之难，而诗之尤难。古今之喻多矣，而愚以为辨于味，而后可以言诗也。江岭之南，凡足资于适口者，若醯，非不酸也，止于酸而已；若鹾，非不咸也，止于咸而已。华之人以充饥而遂辍者，知其咸酸之外，醇美者有所乏耳。”在格律诗的写作中，黄海是颇得司空图“味在咸酸之外”这一诗歌理论的精髓的。在《著名诗人聂绀弩》一诗中，黄海写道：“新奇幽默好辞章，高级打油也宋唐。酒过三巡真本性，天生一副臭皮囊。头颅可抵千斤顶，胆气能摧百炼钢。射向未来兮子弹，折回美丽底灵光。”这既是黄海对聂绀弩先生的致敬之作，同时又是黄海在其诗中所追求的一种崇高境界。诗学聂绀弩，做人更要学聂绀弩。黄海写的是聂绀弩，但又不仅仅是在写聂绀弩，谈的是诗而又绝不仅仅是诗。因为在黄海看来，写诗与做人和做人与写诗是紧密地联系在一起的。这恰恰正是黄海诗歌的言外之意，味外之味。

我们知道，唐诗追求情趣，宋诗讲究理趣，但到了北宋黄庭坚的手里，写诗便成为一种大掉书袋的炫耀。以黄庭坚为首的“江西诗派”，大力推崇的是无一字无来处的所谓“脱胎换骨”和“点铁成金”法，将律诗的写作引入了味同嚼蜡的歧途。黄海的律诗，学古而不泥古，既注重诗中的文化内涵和典故巧妙的运用，又注重将现代词汇灵活地运用到律诗这一传统的体裁中。诗人在诗艺的探索上追新不泥古，兼收并蓄，融合古今，无疑使黄海在新诗与律诗这两种体裁的写作中，呈现出了一种海纳百川的气象和妙笔生花的境界。

（原载《文学报》，上海，2014年12月4日）

（作者系新锐文学批评家，曾获上海《文学报·新批评》新人奖、天津《文学自由谈》30周年“重要作者奖”）

传统与现代交融的智性诗写

——黄海《律诗与新诗合集》读记

周思明

深圳是一个激情四溢的移民城市，不唯热衷赚钱者众，从事“无用之用”的文学写作者亦不知凡几：有专业作家，也有自由文人；有打工作者，也有官员作家——比如黄海先生。黄海是活跃于这座城市的一位有思考、有立场、有追求的官员诗人。这个岭南人，嗓门粗厉洪亮，论起诗来滔滔不绝。白天，他忙碌于公文会议、现场协调；夜晚，则要么青灯黄卷饱读诗书，要么在电脑键盘上敲打他的诗文新作。黄海的新书《律诗与新诗合集》，我想就是在这样的“文化语境”下悄然诞生。拜读之后，感之慨之。在我看来，黄海诗作，可以抽象出三个关键词：在场、厚积、升华。

黄海的诗写，有着强烈的在场色彩。早在1981年特区创建之初，黄海就置身蛇口工业区现场，呐喊着“时间就是金钱，效率就是生命”，高呼着“空谈误国，实干兴邦”，自觉卷入“主观为个人、客观为社会”的“蛇口风波”，亲身参加蛇口工业区的差额民主选举等活动，热情编辑蛇口工业区团报《新芽》，与文友组织成立颇具影响的蛇口半岛诗社、无名草文学社，等等。这些值得怀念的人生经历，给他的人生之旅和诗写历史平添了浓郁的色彩。在1983年元旦写就的《蛇口，请接受我的爱吧》这首长诗中，诗人的感情一泻千里，汹涌澎湃，如今读来仍让人感动。黄海献给特区的诗作，既注重情感的宣泄，又讲究诗艺的营造。特别是《选票上的太阳》，令人拍案叫绝，一件几无诗意可言的差额民主选举事件，叨光于诗人构思的巧妙，竟打造成了诗，读之印象颇深。

唐宋诗词研究家顾随先生有言："伟大的诗人必须有将小我化而为大我之精神，而自我扩大之途径或方法则有二端：一则是对广大的人世的关怀，另一则是对大自然的融入。"作为深圳特区的拓荒者和诗人，黄海的责任感和担当意识自不待言。他立足于表现大我，将大我与小我糅合一体，建立起诗人与读者之间的情感共同体和精神交响曲。在很多篇什中，不难窥见黄海抒发大我之情的崇高思想境界。如《夏日周末》描写特区生活的紧张节奏；《选票上的太阳》赞美民主选举制度；《试管婴儿》为蛇口工业区成立十周年献诗；《题蛇口女娲补天塑像》呼唤中国男子汉时代的到来；《深圳拓荒牛速写》赞美深圳特区具有"坚忍、潇洒、敏锐、勇敢"的城市性格；《荔枝树下》赞美阿婆的爱情和时代的巨变；等等。而在《北京和一个诗人》中，出于对国家前途命运和改革开放的忧患意识，诗人发出了"河那边的世界/会是一种什么样的生活"的思考，读来令人感悟很多。

厚积，在诗人黄海看来，一指生活积累，二指读书修养。顾随先生说："中西两大诗人比较，老杜虽不如莎士比亚（Shakespeare）伟大，而其深厚不下于莎氏之伟大。其深厚由'生'而来，'生'即生命、生活，其实二者不可分。"深厚的生活根基、丰富的生命体验、长期的读书修养，形成了黄海诗歌创作的厚积态势。如按创作时期划分，《窗口恋歌》（上世纪80年代）——在改革开放的窗口招商局蛇口工业区的生活创作、《采菊南山》（上世纪90年代）——在深圳市南山区（文化南山战略）的生活创作、《得宝而安》（新世纪以来）——在深圳市西部城市中心宝安区的生活创作，其中新诗数量和质量较高的乃是《窗口恋歌》。这些诗写创作历程，伴随着深圳改革开放和农村城市化的脚步，诗人既颂歌时代，也针砭时弊，对发生在身边的人和事，给予了颇具价值观照的书写，留下许多脍炙人口的诗章。经由对特区生活底蕴的开掘，呈现在人们眼前的这些诗篇所涉及的世道人心，乃是丰富多彩、意象奇诡的，读之予人思索的空间很大。

关于律诗写作，明清诗坛有"肌理派"和"性灵派"之分。以翁方纲为代表的"肌理派"提倡以学问为诗，也被称为"学问诗派"；以袁宏道为代表的"性灵派"则提出"独抒性灵，不拘格套"，反对"文必秦汉，诗必盛唐"的文学主张。但不论何种文学主张，律诗的写作都离不开古典诗词学养的滋润。而对于当代诗人来说，如何在熟识了格律平仄音韵之后，能够把律诗写得余味无穷，这不仅是一个理论问题，更是一个实践问题，所谓熟能生巧。在此意义上，黄海的律诗创作实践，无疑给我们提供了有价值的参照，即成语、熟语、网络语、哲语、名言、生活语等的入诗，尤其是成语形成背后包含着一些典故，弥补了当代一些诗人对于国学文化研读的不足。如："鸥鹭忘机名利事，苍茫天地任遨游"，源于成语"鸥鹭忘机"；"窗外珠江南海滨，涛声依旧醉伊人"，源于现代流行歌曲《涛声依旧》；"辗转鹏城岁月殊，以工调干气难粗"，源于特区建设初期干部调动语"以工调干"；"青帝不辞崔氏家，花开见佛耀中华"，源于佛教故事《花开见佛》；"林家铺子抒情地，似水年华掠艳踪"，源于茅盾小说《林家铺子》和爱情电视剧《似水年华》；"朝花夕拾鹏城梦，碧海云天一钓翁"，源于鲁迅杂文集《朝花夕拾》；"天尚含糊人彻骨，毕竟中年下午茶"，源于董桥语"中年下午茶"；等等。这些词语的灵巧组合和恰切运用，极大地拓展了诗写的思想内涵，洋溢着诗人的文学才华，氤氲着一股温文尔雅的书卷气息。

升华，乃黄海诗写的第三个关键词。宋代严羽《沧浪诗话》："夫诗有别才，非关学也；诗有别趣，非关理也。"诗歌本身往往具备了别才与别趣，是历代诗评家们所推崇的文体，诗歌如何做到具有"别才"和"别趣"呢？顾随在讲学时对学生说："王摩诘诗法在表现一点上，实在高于李、杜。说明、描写皆不及表现，诗法之表现是人格之表现，人格之活跃，要在字句中表现出作者人格。”人格即诗格。人格修养的高低，决定着诗格的高低。从诗人黄海的诗作内容和透露出来的思想感情，我们可以感受到他的诗格之脱俗，其新诗如《生命的主题词》体现对牺牲保安员的人格赞美和终极关怀；《暴雨的颤栗》体现对弱势群体的关爱和对社会不公平的叩问；《荔枝树下》讴歌阿婆的爱情和赞美时代的巨变，等等；七律如《庆祝深圳特区成立三十周年》、《参观上海世博会》、《辛亥革命一百周年感怀》、《时事随感》、《保卫钓鱼岛》等等，相对而言，虽非他的上乘之作，但表现和流露出来的，乃是诗人的真情感、真文字、真境界。

旧瓶新酒，古今同韵。黄海的一些诗作，如果不加说明，读者会误以为是唐人所作，如《寄怀》：“屋梁落月夜茫茫，春去秋来岂敢忘。张籍歌吟珠与泪，相如辞赋凤求凰。林间耳语光阴度，笔底波涛诗酒狂。为有真情多感动，此生何憾在高阳。”《无题怀想》：“亮翅流星一笑颦，万家灯火醉红尘。人间真爱重情义，世上知音弥足珍。化蝶归茔千古恨，飘蓬回首百年身。那堪世事空怀抱，胸次何以寄可人。”值得玩味的是《读朱淑真〈断肠集〉有感》：“青芝坞巷日曛曛，千古幽思岭上云。每忆诗怀妆堕泪，却怜陌路篆愁君。石榴裙下无新事，故纸堆中有旧闻。时光机器能同世，愿至桃村作鸟勤。”朱淑真是宋代著名女词人，传说美貌在李清照之上，诗词却不在李清照之下而各有千秋，但嫁非所爱，命运坎坷，徒令后世才子佳人为之扼腕叹息。细品黄海这首忆念诗，我能感受到诗人穿越时空的情愫和“诗缘情而绮靡”（陆机）的心灵世界。

明人董其昌有言：“读万卷书，行万里路”，此乃有造就的文人的经验之谈。有调查资料显示：犹太人平均每年读书64本、美国人21本、日本人17本、中国人仅4.25本。作为有着悠悠五千年文明史的华夏后裔，我等当为此感到愧怍。黄海先生明乎于此，一声叹息之后，他决计做到“四好”：好好工作，好好生活，好好读书，好好写诗。尽管他将写诗排在最后，但从中国古代文化传统“立德，立功，立言”的要求看，反而可以看出他对诗写的自我期许之高和抱持态度之诚；尽管这只是诗人黄海的个人之念，但又何尝不可以视为所有有志于文学写作者的共同心声？

（原载《文学自由谈》，天津，2014年2月）

（作者系著名文艺评论家）

【后记】

社会担当与个性化写作

历史将永远铭记，1980年8月26日这一天。从这一天算起，深圳经济特区已经走过了35年光辉历程。三十过去，弹指一挥间。当年奔赴特区毛羽未丰之吾辈，如今已步入知天命人生阶段。而昔日的边陲小镇，早已发展成为现代化国际化大都市。深圳发展背后的“春天的故事”，是多么令人欲说还休，荡气回肠！深圳老报人吴松营在《深圳的艰难与辉煌》一书里感叹：多少人拼搏流血？多少人慨叹挥泪？多少次遭遇危机？多少次面临抉择？正如冰心在诗里说的：“成功的花/人们只惊慕她现时的明艳/然而当初它的芽儿/浸透了奋斗的泪泉/洒遍了牺牲的血雨。”

今年2月2日是俄裔美国哲学家、小说家安兰德诞辰110周年纪念日，网络流行她1946年发表在《警戒》杂志上的文章节选《什么是西方价值观》，她说：“如果你看到一个社会在某些法律条文中承认人权，而在有的地方又不承认人权，你千万不要误以为这是一种‘混合的’制度，也不要以为这是两种互相对立的基本原则之间的妥协，能够行之有效地存在下去。这样的社会是不可能发展的——相反，它正日渐解体。解体需要时间，没有一样东西会瞬间四分五裂——人的身体不会，人的社会也不会。”

这一段论述，也许可以理解为什么在转型时期，由于“混合”的存在，社会矛盾的激化与丑恶现象的蔓延，不但扭曲了社会价值观和人们价值取向，产生了粗鄙庸俗的形式主义、官僚主义、享乐主义和奢靡之风，道德的沦丧已经严重影响中华民族健康行进的脚步。在这样的社会背景之下，谈论和欣赏文学（诗歌）都是极其奢侈的事情，除了“不蒸馒头争口气”、“穿过大半个中国去睡你”，还能招来一时的热议外，楼盘和股市才是整个社会关注的焦点。

写诗和读诗，其实都需要情怀。香港文艺出版社社长林峰先生说：“诗的艺术魅力之所以永恒不尽，是因为诗人是具有崇高理想的一群人。诗人是用伟大的感情力量去召唤人类良知的呼唤者。”同时林峰先生也指出，当代有不少“名诗人，实非诗人”，“志洁行廉者不众，言悖情乖者却不寡”，有什么样的诗人，就有什么样的诗歌。东荡子诗歌促进会会长、诗人世宾说：“诗歌还在原处，只是大众远离了诗歌。”把诗歌低潮归结于诗人的因素，或是读者的原因，都是有失偏颇的。专栏作家朱白先生说：“文学没有危机，有也是垃圾文学的危机”，诗歌也没有危机，如果有也是垃圾诗歌的危机！作家韩石山说：“我觉得当代文学，很像是一群智商不高的人，在玩着一场貌似高智商的游戏。”韩先生的话语，虽是一家之言，着实令人深思。

去年9月《诗刊》下半月刊，隆重推出了余秀华组诗《在打谷场上赶鸡》。今年1月，微信朋友圈流转旅美作家、学者沈睿的一篇文章《余秀华——穿过大半个中国去睡你》，随后各种媒体的跟踪报道，让余秀华火遍了大半个中国。在此之前，她仅仅是一个写诗的农妇，一个行动不便的脑瘫患者，一个偏僻村落里无籍籍名的诗人，由于新媒体的推波助澜，成就了一个诗歌传奇！只是当我们阅读一些余秀华的诗歌之后，不但会感叹“生命不能承受之轻”，也会感叹“诗歌不能承受之轻”！

今年4月26日凌晨两点钟，诗人汪国真因病在北京逝世，享年59岁。全国媒体大篇幅报道，大家都感叹，诗人汪国真的离去，带走了一代人的青春与迷思。习近平在2013年APEC工商领导人峰会的讲话中，曾引用汪国真的诗句“没有比人更高的山，没有比脚更长的路”，引为佳话。汪国真在世最苦恼的是，尽管他的诗集不断地被盗印发行，但他却得不到诗歌界的接纳和承认，几乎没有得到过什么奖项，汪自己坦言“最公正的评奖是时间和读者”。诗人叶匡政在接受记者电话专访时表示，上世纪90年代的“汪国真热”，是大众流行文化的一个代表符号。南方诗歌研究中心主任张德明教授认为：“汪国真诗歌是比较青春阳光的，青少年读者在特定年龄段会喜欢它，从激发青少年生命意志的角度看，汪国真诗歌是有其正面意义的。”

汪国真的诗好，还是余秀华的诗好？一时又成为诗友们喋喋不休的话题。什么样的诗才能叫作“真正的好诗”，诗人余光中（台湾）说：“好的诗歌应该包括想象力的丰富，语言的高超，音调和意象的营造，深入浅出，通俗易懂。”诗人于坚说：“一位有阅读经验有生命痛感的读者读了之后有感觉，那就是一首好诗。”诗人卢卫平说：“一首诗要成为好诗，就是要在一切旧事中去寻找和发现新的东西，要言说出一件已经真相大白的事物新的秘密。”诗人杨克说：“什么是好诗？诗歌圈内强调变异，圈外则喜欢常态。读者的尺度是人类的普遍情感，简单的深度。”诗人耿占春说：“现代艺术主要并不在于给人们提供一种审美，而是一种像本雅明所说的瞬间震惊的效果。”诗人黄灿然（香港）说：“好诗永远产生于标准建立过程中，标准一旦建立就迅速被坏诗攻占。”上述这些诗人的论述，使人觉得如坠五里云雾。德国汉学家顾彬先生说：“我大概在学校与大学时无意识地注意到文学经典的语言、形式与思想。可是到了2000年前后，我才用这个方式来思考中国文学。好的语言、有意思的形式、深刻的思想决定文学的价值。换言之，评价文学的准则在于：语言的驾驭力、形式塑造力和个体精神的穿透力。”顾彬先生是外国人，他的三个准则，好像比中国诗人们的论述，更容易理解一些。其实，在很多文学理论书籍中，文学及其准则已经有明确的论述，只是中国的诗人们更喜欢云里雾里罢了。

诗歌的本质是美学意义的，一首诗歌的好坏应该由美学尺度来评判，尽管其尺度是相对的。诗歌的美学范畴应该包括审美概念与审美命题、审美感受与审美经验、表层本质与深层本质、审美实践与审美体验等。美国当代美学家苏珊•朗格说：“艺术本质上就是一种表现情感的形式。”但诗歌的本质不仅仅是抒情的,它要求我们对诗歌的概念首先要有一个科学的认识。简单地说,诗歌是语言的艺术，但诗歌的概念是复杂且颇具争论的难题。诗歌是心灵流露的语言，它能起到移情作用，引起读者的美感联想。

我们知道，现代新诗是“五四”新文化运动的产物。新诗产生的初期，它的形式和内容都受到古典诗词的明显影响，诗语比较平易浅白。到了上世纪40年代，受西方诗歌汉语翻译体的语言结构和辞藻的影响，表现形式和意象逐渐复杂起来。新中国成立后，受社会政治形态的限制，诗歌成了政治口号或传声筒，失去了诗歌的本真意义。改革开放以来，随着社会形态的多样化、复杂化，诗歌逐渐呈现出一片混乱无序的状态。

诗歌是语言的艺术，那些对传统诗词缺乏深入研究的诗人来说，平仄、对仗、押韵等都是索然无味的。但恰恰是格律，可以增加诗的活力与多层复杂性。对于真正有灵气的诗人，格律是一种挑战。满足格律的声、行、节奏的要求，可以挖掘生命里潜意识的体验与记忆，使之成为艺术的审美活动。李清照道：“险韵诗成，扶头醒酒，别是闲滋味。”闻一多先生曾潇洒地说：“戴着镣铐跳舞。”熟悉西方诗歌的人都知道，美国当代先锋诗在其高峰期（上世纪七八十年代）是十分注意音乐性对诗行的约束的，这种自由中的不自由，大约是世界诗歌的共性，我们大部分诗人就很少考虑这种艺术的不自由性。

新旧诗之争，由来已久，庄严、章铸在其合著的《中国诗歌美学史》中，对新旧诗的区别作美学上的鉴别：思维方式与语言结构不同、文化性格与艺术心理不同、审美形态与阅读空间不同、历史积淀与时代投影不同。最后指出："我国的诗歌传统是一个开放的动态的系统，在这个系统迁流不息的过程中，经常出现内容与形式、格律与自由这一对基本矛盾，而这一对基本矛盾之能否解决以及如何解决，往往是推动我国诗歌前进的主要标志。"

传说延安时期，毛润之在与一个新诗人闲聊时，曾经打趣地道：倒贴我三百大洋，我也不读你们的新诗。纵观作为诗人的毛润之，一生所写诗词不少，却没有写过一首新诗，这与他渴望打倒一切旧的东西的性格似乎不符。在他哲人般的眼光里，可能觉得新诗缺少形象思维，缺少文学的兴比。鲁迅先生 1934年12月20日在致杨霁云的信里道："来信于我的诗，奖誉太过。其实我于旧诗素无研究，胡说八道而已。我以为一切好诗，到唐已被做完，此后倘非能翻出如来掌心之'齐天大圣'，大可不必动手，然而言行不能一致，有时也诌几句，自省亦殊可笑。"鲁迅先生在信里的自谦之辞，被断章取义为鲁迅说"一切好诗，到唐已被做完”，因而许多诗人感叹，诗都让古人写尽了。钱钟书却说：“怕不是古人意境广，而是你心眼太褊狭。”律诗这种“戴着镣铐跳舞”的文学式样，在描写现代人的生活与情感时，是否会一筹莫展呢？毛润之、鲁迅的古典诗词成就，已做了最好的答辩！

毫无疑问，我们正处于伟大的信息时代。一方面，人们的交往通过电子手段而突破了传统的时空界限，信息流、知识流实现了全球的瞬时流通，物流也更加方便快捷；另一方面，网络科技的发展颠覆了许多传统的思维模式，信息化发展速度之快和容量之大远远超出人们的想象，特别是微博和微信的海量阅读，深刻地影响着人们生活观念及其方方面面。在这样的时代背景之下，传统诗词和现代新诗的写作，就应该跟上时代的发展，讲求增大诗歌的信息量，丰富人们的审美情趣，表达现代人纷繁复杂的思想情感和精神面貌。古人书法临帖和诗词用典，除了修辞达意之外，就是增加信息量，扩大读者的现象空间，使之百读不厌。

社会担当与个性化写作，这是一个常谈常新的话题。音乐、舞蹈、诗歌是产生于原始社会的人类最古老的艺术形式，它们都与原始社会的社会生活形态紧密相关。生活永远是诗歌创作的源泉，这种生活应该带有社会典型意义及普遍意义的社会生活，并不是某人狭隘的个人主义生活。如果诗人把自己关进一个自我的世界，对社会生活漠不关心，最终只能龟缩在被社会遗忘的角落里。生活于这个时代并不意味能够艺术地表述这个时代，它需要不断研究、体察与反省。社会生活是个人生活的组合，有着深厚艺术修养和社会体验的诗人，才能把个人的生活体验通过艺术的形式转化为社会的生活体验，只有这样，诗人的激动才能引起读者的共鸣。作家陆天明在《创作自由与社会担当》一文中说："文学创作主体的心灵自由和社会担当问题，一直是文学理论和创作实践关注的核心问题之一。"又明确指出："文学不文学的关键，并不在于文学能不能关注时代，能不能切入政治，能不能引入社会问题，而在于你对这一切是不是做了真文学的思考和表达。"北师大文学院副院长张清华教授说："作家不是写手，作家一定要有人文情怀和社会担当，从目前来看，很多畅销图书都是纯技术化写作，纯技术化的写作已经让文学失去了学术素养。"而早在2010年4月23日，《人民日报》就刊登了曾凡的一篇文章《写作个性化不等于私人化》，他说："作家的个性不是我们日常生活中某个人的个性，而是他在作品中体现出来的一种独特的世界风貌和人生意味。"又指出："私人化的写作的误会就在于，它把个人对整个世界的感知和评价，当成了个人私生活的具体记录。个人与他生活于其中的背景脱节了，个人的体验与他的读者和时代之间没有共同的价值判断基础。人们读来读去，看到的只是作者个人的絮絮叨叨，尽管有时候这种絮叨被刻意地细心地加上了很花哨的技巧的装饰，但在本质上它仍然是属于作者个人的自言自语。"把个性化与私人化做本质的区分，是十分有必要的。有社会担当，才有思想境界；有个性写作，才有文学精彩！

诗歌还有今古相互借鉴的问题，传统诗词感性与知性结合的意象、时空跳跃与转换、强度与浓缩、格律限制中的自由、遣词造句炼字、超凡境界等，从内容到形式都值得新诗借鉴和学习。而新诗贴近生活、直抒胸臆、不拘一格等特色，又是值得传统诗词写作借鉴并进行吐旧纳新的，所谓“旧瓶装新酒”就是用传统诗词的形式，来表现当前社会的面貌、风尚与人情，真实地反映当代人的生活、情感与思想。新诗与传统诗词不是相互排斥，而是应该相互借鉴学习，相互嫁接，各出新意，共同繁荣发展。

当改革到了深水区，为什么举步维艰？我们知道，经济体制改革是要解决生产资料所有制问题，政治体制改革是要解决权力来源问题，这两个问题都关系到我们国家和民族的未来。在经济体制改革方面深圳是排头兵，在政治体制改革方面深圳是否有所作为呢？这是摆在深圳面前现实而艰巨的任务。我们不但要给子孙后代留下高楼大厦、经济基础，而且要留下精神食粮。这似乎超越于文学之外，但这正是文学写作者应有的胸怀！

黄海

2015年深秋于深圳白石洲寓所

送你上帝的粮食

新诗与律诗选集

黄海 著

律诗

目录

序言

黄海诗歌评语……谢有顺 一

送你上帝的粮食……程郁缀 二

七绝

潮州凤凰洲赏桃花……九

题李世南《醉酒图》……九

题友人山水画……九

晋祠三绝……九

甲子新春……一〇

游三亚口占……一〇

思亲……一〇

新世纪有感……一〇

植树节有感……一〇

秋日寄怀……一〇

敦煌游感……一一

新年感怀……一一

揭西京明度假村品茶……一一

铁岗水库垂钓……一一

有呈……一一

放牛郎……一二

题顽石秋菊图……一二

题达摩面壁图……一二

题革命老区揭西黄满砦瀑布……一二

酒吟……一二

七律

胸怀奇志阔如天……一三

题葡萄牡丹图……一三

题赠诗人钟永华老师……一四
题赠学者黄锦奎教授……一四
祝贺柯蓝八十寿辰……一五
题赠旧日同窗……一五
玉湖中学新校落成志庆……一六
夜思寄上海同窗……一六
悼念诗人李士非老师……一七
回家乡观音山有感……一七
赴深卅年有感……一九
南非游感……一九
寄怀……二〇
时事感怀……二〇
寄北京大学程郁缀教授……二一
自撰对联集句……二一
弄潮大亚湾……二二
惠来神泉游感……二二
己丑中秋……二三
老友古稀移民澳洲有赠……二三

二〇一〇年新加坡过春节……二四
春晚节目《两毛钱一脚》风波有感……二四
无题……二五
庆祝深圳特区成立三十周年……二五
题赠作家洪洋老师……二六
铁岗水库垂钓有感……二六
打羽毛球……二七
题赠牡丹画家大老崔老师……二七
忆童年牵牛随父春耕……二八
游乌镇……二八
题赠摄影师高扬先生……二九
题赠漫画家庄锡龙老师……二九
二〇一〇南非世界杯……三〇
赠玉雕工艺美术师冯玉唐先生……三〇
题赠有涯艺屋许梓卫先生……三一
题赠画家诸彪先生……三一
题赠画家邹富明老师……三二
题赠画家温伟先生……三二

参观上海世博会……三三
游揭西大北山度假村……三三
题赠作家林坚先生……三四
浦东干部学院研修有感……三四
题赠画家谢申老师……三五
题赠宝安区委党校曾祥委教授……三五
敬赠特区先驱袁庚老人……三六
题赠画家李照东老师……三六
题赠书法家刘伟力老师……三七
赠《蛇口消息报》奚尚仁总编……三七
赠书法家何锦明老师……三八
题赠袁承忠老师……三八
赠画家鲁慕迅老师……三九
怀念诗人徐迟老师……三九
赠诗评家杨光治老师……四〇
赴深卅年感怀……四〇
题揭阳楼……四一
赠诗人陈图渊老师……四一
题赠书法家、篆刻家钟国康……四二
题赠中山大学谢有顺教授……四二
赠诗人祁人先生……四三
赠艺术杂家黄河先生……四三
赠诗人吉狄马加方家……四四
赠诗评家张同吾老师……四四
赠青年作家吴君女史……四五
赠画家王德旭老师……四五
泰山游感……四六
无题怀想……四六
题赠深圳弘法寺印施法师……四七
题赠老兄弟洪鹰飞……四七
题赠气功师袁健骅医生……四八
有感于与吾同名同姓者……四八
赠陈为彬乡贤……四九
题赠诗人李瑛老师……四九
题赠堪舆名师吴伟国先生……五〇
立秋有感寄〇〇……五〇

中元无题……五一
辛卯中秋……五一
长白山天池游感……五二
辛亥革命一百周年感怀……五二
题赠杂文家鄢烈山老师……五三
题赠深圳文化名人胡野秋仁兄……五三
夜读随想……五四
读朱淑真《断肠集》有感……五四
赠杂文家任芙康老师……五五
赠乡贤蔡树忠中医师……五五
读高尔泰《寻找家园》有感……五六
清明节回乡谒祖返深有感……五六
题赠有呈……五七
新儒家（之一）马一浮……五七
新儒家（之二）梁漱溟……五八
新儒家（之三）熊十力……五八
著名诗人聂绀弩……五九
拟结婚誓词……五九

时事随感……六〇
复旦大学进修有感……六〇
潮鼓夯歌……六一
宁化中学廿年校庆回乡感怀……六一
保卫钓鱼岛……六二
相聚羊城太古仓……六二
夜游珠江……六三
重游峨眉山……六三
题赠警察书法家吴镇光乡贤……六四
春节值守有感……六四
癸巳年深圳过春节……六五
重题深圳精神感怀……六五
相聚京明……六六
寄怀有赠……六六
游大别山……六七
题赠辞赋家颜其麟老师……六七
题赠画家李世南老师……六八
答谢友人赠白糖罂荔枝……六八

题画家林丰俗牡丹图并赠……六九
题赠漫画家方成老师……六九
题赠书法家张清坚老师……七〇
游成都杜甫草堂……七〇
端午节感怀……七一
暹罗寻亲纪事……七一
少年梦境彩虹乡……七二
步潮州友人原律原韵……七二
赠文学评论家唐小林先生……七三
参加群众路线教育活动有感……七三
步毛泽东《长征》原韵题赠友人……七四
夜读胡文辉《陈寅恪诗笺释》……七四
自嘲……七五
甲午无题……七五
游深圳湾公园……七六
囧途……七六
怀念作家汪曾祺……七七
题赠雕塑家钱绍武老师……七七

甲午中秋……七八
魏紫熙山水画感悟……七八
蛇口女娲补天塑像感怀……七九
题赠深圳五星级义工西河……七九
乙未年潮州过春节……八〇
春游潮州凤凰洲感怀……八〇
书生携子学耕田……八一
题赠收藏鉴赏家杨东明老师……八一
访南溪两首……八二
春雨夜有寄……八二
乙未端午纪实……八三
步梁水良君《践酒宴吟》韵……八三
酬答诗人梁水良君……八四
题赠画家祝焘老师……八四
题赠书法家任之通将军……八五
题赠诗人祁念曾老师……八五
乙未中秋……八六
题赠作家张效民方家……八六

访秦牧故居……八七
寒冬时节与诗人梁水良君重聚鹏城……八七
女儿新加坡南洋理工大学毕业……八八
相聚江城……八八
春风十里……八九
悼念袁庚……八九

七 排

海上世界吟醉诗……九〇
北京大学感怀……九一
怀念父亲……九一
题第二届青海湖国际诗歌节……九二
回忆七十年代……九三

黄海诗歌评语

谢有顺

黄海的诗歌，坚定地直面现实，以心悟世，以思怡情，既与时代同行，又放笔直干，针砭时世。他对小事不轻慢，对大问题也能以文学的眼光审视之。其新诗，介乎传统与现代之间，构思精巧，直白其心，艺术上颇有现代主义的风格；其律诗，承传了现代诗人聂绀弩的精神，不避俗语，不事雕琢，见性情，也见匠心，堪称『旧瓶装新酒』的写作典范。

二〇一三年九月十三日于珠江之畔

（作者系著名文学评论家、中山大学中文系教授、博士生导师）

送你上帝的粮食——黄海君诗歌走笔

程郁缀

那一年的秋天，黄海君到北大来脱产进修三个月，因而与我结下一段师生缘。课后，他到我办公室走访，送我一本新诗集《树叶的舞蹈》。回到深圳后又给我寄来一首排律《北大感怀》，我拜读后将其推荐发表在《北京大学校报》上。由于诗歌传统脱节，现在像他这样能写新诗和律诗，并且颇具功力的年轻人是很少的。欣闻二〇一三年八月，在广州南国书香节暨羊城书展上，黄海君的《律诗与新诗合集》得到读者的广泛好评，广东人民出版社决定加印此诗集。在当前『写诗的人比读诗的人多』的尴尬背景下，这不能不说是一个奇迹。

源于教学和兴趣，我的课研侧重于唐诗宋词，对现代律诗和新诗涉猎不多，却经常听到，对律诗中的『老干体』和新诗中的『口水诗』的议论。我这一代人，可以理解现代生活的一切东西，甚至连古人写的东西也能理解，但就是很难理解现在流行的现代诗。主要原因应该是当代诗歌写作的庸俗化和极端私人化，使得诗歌脱离了众多的读者而走向边缘，失去了昔日的辉煌与魅力。但读了黄海君思想内涵丰富和审美价值取向独特的诗歌后，我觉得诗歌不但有其存在的价值，而且有其旺盛的生命力。

注重生活积累和文学修养

深圳经济特区成立之初，黄海君从上海港湾学校毕业，立刻坐火车由上海赶赴深圳，投身到热火朝天的特区建设之中。在招商局蛇口工业区的日子里，黄海君随着时代的潮流，奔走呐喊『时间就是金钱，效率就是生命』，振臂高呼『空谈误国，实干兴邦』，积极参与『主观为个人、客观为社会』的『蛇口风波』大讨论，亲身体验蛇口工业区的差额民主选举活动，业余编辑蛇口工业区团报《新芽》，并与文友们组织成立了当时颇有影响的蛇口半岛诗社、无名草文学社等。这些不平凡的人生经历，给他的青春成长和诗歌创作增添了瑰丽的色彩。在他第一本诗集《半岛之恋》的后记里，黄海君动情地说：『诗人的桂冠与劳动者头顶上的安全帽，孰贵孰贱是很难判定的，但我更喜欢安全帽。』这就是诗人的在场意识和创作的原动力。

诗中有画是中国的诗学传统，是一种境界追求，源于苏东坡题跋王维的蓝田烟雨图：『味摩诘之诗，诗中有画；观摩诘之画，画中有诗。』然而新诗创作能否继承传统，做到诗中有画呢？黄海君的《桂林春耕图》作了成功的尝试：『一双双亲近泥土的手／向左插一行希望／向右插一行希望／老水牛耕一幕烟雨／布谷鸟唱遍每一村每一户／层层叠叠，纵纵横横／擦擦眼也就绿了。』这首诗一开始就生动地写出了春耕的劳动场面，『插一行希望』是虚写，但虚而不空；最后『擦擦眼也就绿了』，绿了的不仅仅是秧苗，还有农民心中的『希望』，一个『绿』字，使人感受到十一届三中全会后中国农民分到责任田的兴奋心情。

《荔枝树下》是二〇〇二年三月间，黄海君作为『中国诗人宝安采风团』成员所创作的作品，发表在同年八月《诗刊》上。采风团团长就是在我们北大中文系作家班毕业的高洪波同志（现任中国作家协会副主席），成员包括著名诗人叶延滨、林莽、刘立云、钟永华、张诗剑（香港）、黄海等。这首叙事诗平实朴素，似乎没有更深的寓意，但只要认真一读，确实十分感人。荔枝是南国佳果，在短短的四十四行诗中，诗人通过描述阿婆的命运与荔枝息息相关，从抗日战争写到改革开放，既赞美阿婆的忠贞爱情，又展示深圳改革开放的深刻变化。这是一首不可多得的叙事诗，结构完整，叙述生动，语言朴实，感情真挚，像一首优美的南国电视抒情散文诗。

《跟我走吧》是黄海君在北大进修期间创作的，这首诗既像爱情诗，又像政治抒情诗，寓意是十分深刻的。『相信翅膀对于天空／还存在着飞翔的涵义／相信理性对于自由／还存在着某种契机／相信一点点纯粹／就能燃烧血液！』它一开头就不同凡响，作者把自由的概念理解为翅膀与天空的关系，这种关系永远存在着飞翔的涵义，并且只要一点点纯粹就能燃烧血液！在这首诗的姐妹篇《永恒的伟岸，浩瀚的海洋》里，诗人这样吟唱：『如果茫茫的海洋找不到理想的彼岸／你是我心灵永远闪亮的灯塔／如果欲望摆脱不了世俗的煎熬／你是我精神固守的一方净土！』

在第四届青海湖国际诗歌节期间，来自多个国家和地区的诗人们围绕『诗人的个体写作与诗歌的社会性』这一主题展开了深入的探讨。大家认为，诗人在坚守写作的独特性和艺术性的同时，必须要注意

唤醒诗歌的社会性，以重新建立诗歌的公共空间。我们很高兴地看到，黄海君的新诗创作，跟随着深圳改革开放步伐和农村城市化的脚步，既歌颂时代和爱情，又针砭时弊，对发生在身边的人和事，进行了颇具文学意义的写作，留下了许多脍炙人口的篇章。总体而言，黄海君的新诗写作，既注重生活积累，又讲究文学修养，探究诗歌的社会性和艺术性，表现出强烈的在场意识和唯美倾向。

传承聂绀弩，诗艺各千秋

对现代诗坛而言，聂绀弩其人其诗，都是充满传奇色彩的。聂诗新奇而有韵味，幽默而饱含辛酸，被称作『独具一格的散宜生体』。细心的读者如把黄海的诗和聂绀弩的诗作一些比较，会发现在诗歌的精神层面和表现手法上，确实有许多相通的地方，但诗艺却各具千秋。为加深了解，不妨引入黄海的《著名诗人聂绀弩》来看看：『新奇幽默好辞章，高级打油也宋唐。酒过三巡真本性，天生一副臭皮囊。头颅可抵千斤顶，胆气能摧百炼刚。射向未来兮子弹，折回美丽底灵光。』在《端午节感怀》中也有诗句：『怀恋小资冬妮娅，神崇右派聂绀弩。』可见，黄海君是聂绀弩的铁杆粉丝。中山大学谢有顺教授评语：『黄海的诗歌，坚定地直面现实，以心悟世，以思怡情，既与时代同行，又放笔直干，针砭时世。他对小事不轻慢，对大问题也能以文学的眼光审视之。其新诗，介乎于传统与现代之间，构思精巧，直白其心，

艺术上颇有现代主义的风格；其律诗，承传了现代诗人聂绀弩的精神，不避俗语，不事雕琢，见性情，也见匠心，堪称「旧瓶装新酒」的写作典范。』

由于父为客家人，母为潮州人，加上工作生活环境等因素，黄海君精通客家话、潮汕话和广府话，此三种地方方言都保留着许多古汉语语音特点，这为黄海分辨平仄音韵提供了捷径。而稍有诗词知识的人都知道，律绝在先，成型于初唐，《平水诗韵》在后，问世于南宋。但后人往往把《平水韵》作为金科玉律，稍有突破即相诟病。诗词研究大家顾随先生总结说：『老杜入蜀后作拗律甚多，他颠倒平仄，非不懂格律，乃能写而偏不写，其不合平仄正是深于平仄。』黄海君所作的律诗，也多有拗句，然其拗句并非故意而为之，而是浑然天成，由名言、格言、歌词、网络语等等构成，有一定的句式和含义。例如：『杀出一条染血路，披荆斩棘拓征途』（《庆祝深圳特区成立三十周年》）、『借我一双慧眼吧，李杜当年非主流』（《赠诗评家张同吾老师》）、『请放慢你们脚步，等待孤独底灵魂』（《长白山天池游感》）、『教溪涧死鱼浮去，让读书人站起来』（《题赠杂文家鄢烈山老师》）、『放飞庸俗底生活，心比翅膀更天涯』（《题赠警察书法家吴镇光乡贤》）、『国酒茅台新禁令，文山会海老风尘』（《春节值守有感》），等等。这些句子的灵活引用，既显出旧瓶装新酒的快意，又显露出诗人不拘一格的诗歌才情。

迎来送往，吟唱酬和，是唐宋诗人的诗歌传统，也充分显露古人的友道观，并多有佳作和经典名句传世。例如：李白《宣州谢朓楼饯别校书叔云》：『抽刀断水水更流，举杯消愁愁更愁』、刘禹锡《酬乐天

扬州初逢席上见赠》：『沉舟侧畔千帆过，病树前头万木春』、苏轼《和子由渑池怀旧》：『泥上偶然留指爪，鸿飞那复计东西』、黄庭坚《寄黄几复》：『桃李春风一杯酒，江湖夜雨十年灯』，等等。黄海君的律诗创作，较好地继承了唐宋的诗歌传统，那些题赠之作，不但没有无病呻吟和阿谀奉承气息，而且能够匠心独运，语调清新，读之让人会心一笑，既得到人生的启迪，又充满愉悦和美的享受。如：『能受折磨真好汉，不招嫉妒是庸夫』（《挚友古稀移民澳洲有赠》）、『学问不辞冷板凳，青春无悔热头颅』（《题赠画家诸彪先生》）、『汤旺河边侣麋鹿，伶仃洋畔友鱼虾』（《赠〈蛇口消息报〉奚尚仁总编》）、『北海灵山乡里梦，珠江流水枕边诗』（《赠诗评家杨光治老师》）、『真情流露多佳作，无病呻吟少好辞』（《赠诗人祁人先生》）、『将真情奉献观众，把月亮还给中秋』（《题赠深圳文化名人胡野秋仁兄》），等等。

宋代严羽在《沧浪诗话》里说：『夫诗有别才，非关学也；诗有别趣，非关理也。』黄海君最具别才之作是他的一首七绝诗《潮州凤凰洲赏桃花》：『日出韩江鸥鹭来，莺歌燕舞凤凰台。为怜蜂蝶随春老，我请桃花慢点开。』我曾经调侃说，若将此诗编入唐宋诗选，可能读者不知是今人所作，而且一点都不逊色。当我们读着欧阳修『游人不管春将老，来往亭前踏落花』的诗句，再细细品味黄海君的这首诗时，定然会心一笑。『我请桃花慢点开』，多么浪漫的惜春情怀！

上帝的粮食

当年网民们在口诛笔伐所谓『梨花体』、『羊羔体』的时候，早在二十年前的一九九〇年，著名诗人徐迟就不无感慨地说：『在中国文学史中，几乎绝大多数的诗人，都有多种不同的官职的。这是我国的传统，好的传统。奇怪的是现在绝大多数的各种岗位的人都不写诗了。他们都是忙得焦头烂额，以致毫无诗情。』作为体制内国家公务员，黄海君的律诗和新诗创作成就，无疑是对诗人徐迟观点的正证。

在北京大学中文系建系一百周年之际，北京大学中国诗歌研究院成立大会暨『诗歌：古典与现代』研讨会在英杰交流中心阳光大厅隆重举行。北大整合了中国新诗研究所、中国古代诗歌研究中心等研究机构，提出了『面向古典，也面向现代』的研究方针，显示出了『兼顾古今、连通中外』的广阔视野，提倡传统诗词与现代诗歌的交叉研究、比较研究和借鉴融合。而黄海君的律诗与新诗的创作实践，与此研究宗旨不谋而合，这也正是黄海君诗歌创作的文学价值之所在！

当了多期《诗刊》青春诗会班主任、有『中国诗歌伯乐』之称的著名诗人王燕生君，生前曾经出版一本诗学随笔，叫做《上帝的粮食》；黄海君也有诗句：『送你上帝的粮食，我吉勒布特姑娘』（《赠诗人吉狄马加方家》）。诗歌作为文学的桂冠，人类最高端的精神食粮，把它称作『上帝的粮食』，是再恰切不过的比喻了！而黄海君的诗歌，就是他用自己的心血、才华和勤奋，奉献给读者的『上帝的粮食』吧。

原载《宝安日报》二〇一四年一月二十六日

（作者系北京大学中文系教授、博士生导师、《北京大学学报》（社科版）主编）

七绝

潮州凤凰洲赏桃花

（一）

日出韩江鸥鹭来，莺歌燕舞凤凰台。
为怜蜂蝶随春老，我请桃花慢点开。

【注释】『随春老』，宋代欧阳修《丰乐亭游春》：游人不管春将老，来往亭前踏落花。

（二）

不尽韩江滚滚流，我思我在凤凰洲。
人生岂可如桃树，岁岁春风笑不休。

【注释】『我思我在』，法国哲学家笛卡尔名言：我思故我在。

题李世南《醉酒图》

只鸡斗酒忆三秦，金盏银台云水身。
当醉当痴当耿耿，渐行渐远渐精神。

【注释】『金盏银台』，即水仙花别称。

题友人山水画

暮云春树画无边，范水模山十里烟。
百卷在胸成富甲，三杯落肚作神仙。

晋祠三绝

难老泉边水母身，唐槐周柏醉凡尘。
回眸一笑三千载，世上痴情有几人？

甲子新春

把酒逍遥今古同，相思宜播小坑中。
春风得意当狂乐，青帝醉摇桃树红。

游三亚口占

海角天涯见晚霞，南天一柱踏银沙。
猎人鹿女今安在？兜售珊瑚海石花。

思亲

莫道朝朝若等闲，隆冬枕冷五更寒。
繁星浩渺两相对，一夜思亲白玉盘。

新世纪有感

白鹿青崖哪处寻？南柯一梦柏森森。
玄黄走笔风雷定，沧海经心岁月深。

植树节有感

润雨春华好植苗，你荷锄铲我培浇。
木棉本是英雄树，花萼经霜不胜骄。

秋日寄怀

柔情似水复如烟，红叶题诗已惘然。
社燕秋鸿存旧梦，抬头沧海又桑田。

敦煌游感

莫高窟洞日西斜，戈壁苍黄落紫霞。
千载雄关寻旧梦，鸣沙山下是吾家？

新年感怀

家住南山大海滨，啃书养墨铸精神。
伶仃洋外千秋月，照见痴情似醉人。

揭西京明度假村品茶

（一）

嫩芽新焙一壶天，梦里荣华梦外圆？
非典时期朋友少，煮茶上网做神仙。

（二）

高山云雾采春芽，天地阴阳聚精华。
巧手能工焙神品，三江活水煮新茶。

铁岗水库垂钓

荔树繁花聚福楼，湖深日月海天秋。
垂钩莫惧多风雨，一叶扁舟自在游。

有呈

茅台国酒贵难求，咱喝红星二锅头。
吏治从来惊帝梦，岂无骏马作耕牛？

放牛郎

老牛嫩草蹄儿欢，我站高峰发癫狂。
振臂高呼山谷应：我是一个读书郎！

题顽石秋菊图

秋实春华酒一杯，孤芳傍石傲霜开。
黄花属客殷殷醉，应是陶公信手栽。

题达摩面壁图

呵护檀香一点红，如烟信念凝半空。
世间嘈杂洞天外，三界参乎面壁中。

题革命老区揭西黄满砦瀑布

谁敲战鼓震山林？路转峰回似可寻。
忽见白龙飞跃下，终归大海自由身。

酒吟

一杯在手莫悲催，贫富兴衰应有规。
今日佳肴明粪土，来吧与往事干杯。

【注释】本诗押『诗韵新编』八微部。『与往事干杯』，一九九四年电影。

七律

胸怀奇志阔如天

漫烂天真正少年，胸怀奇志阔如天。
鲲鹏俯瞰万千里，蜗篆盘桓一寸圆。
君驭青春持梦笔，世遗大舜可耕田。
易安才气当思记，桃李春风夙愿篇。

【注释】『易安』，即易安居士，宋著名女词人李清照。

题葡萄牡丹图

葡萄醉胜人头马，淡写轻描富贵花。
牧村有幸歌恣醉，刘郎乏力竞芳华。
伶仃洋畔宜观海，太子山头好煮茶。
南纬还来寻夙愿，苍穹烈日本无家。

【注释】『牧村』，即当代歌唱家关牧村。

题赠诗人钟永华老师

战士忠诚铁石心，青春热血铸诗林。
新城窗外奢华气，旧作床头敝帚珍。
自古诗人多懑怨，从来圣哲费思寻。
难为老少离骚客，霜月寒衣苦乐吟。

【注释】『钟永华』，广东龙川人，暨南大学毕业，著名军旅诗人，曾任武汉军区政治部创作员、《特区文学》总编辑、广东省作家协会诗歌创作委员会副主任，著有诗集《情人岛乐园》、《花一样的青春》、《梦笔生花》等，曾获解放军总政征文奖、建军五十周年创作奖。

题赠学者黄锦奎教授

河外星云耀古今，聚沙听雨起思吟。
微言杯水波澜阔，价值工程点石金。
两亿诗书开卷读，钱千万贯岂通神。
为文致用怀明志，天降大任于斯人。

【注释】『黄锦奎』，著名学者、作家，著有《河外星云》、《聚沙听雨集》、《杯水微言》、《现代点石成金术——价值转化工程》等著作和《读两亿字的书》、《钱十万贯通神论》等杂文。

祝贺柯蓝八十寿辰

八十情怀少年心，青春不老自天真。
征途万里驱虎豹，著作等身慰平生。
深谷回声恋黄土，早霞短笛耀鹏城。
当年宝塔山下客，喜作深圳海边人。

【注释】『柯蓝』，中国散文诗泰斗，原名唐一正，湖南长沙人，抗日战争时期在延安参加中国共产党，主要著作有《洋铁桶的故事》、《早霞短笛》等，其散文诗《深谷回声》改编为电影《黄土地》，获国际大奖。

题赠旧日同窗

风华年少梦伊家，卅载云帆归海涯。
窗外新栽龙眼树，庭前旧识凤凰花。
春风桃李一杯酒，沧海桑田半碗茶。
同学情怀犹未足，枕边托梦小青蛙。

【注释】『春风桃李』，宋黄庭坚诗：桃李春风一杯酒，江湖夜雨十年灯。

玉湖中学新校落成志庆

三十年前读书台，鸿蒙开启少年怀。
金山耕读云依树，潭岭凝神手托腮。
庠序壮苗祈雨露，故园福业靠鸿才。
程门立雪传家教，桃李春风巧剪裁。

【注释】『金山』，玉湖中学旧址。『潭岭』，玉湖中学新址。

夜思寄上海同窗

几回梦醒浦江边，幸福歌儿飞满天。
科学春天吹号角，梧桐树叶读书篇。
卅载风霜沧海泪，百年烟雨帝乡田。
早生华发相逢笑，道姓呼名已惘然。

【注释】『幸福歌儿』，歌曲《我们的生活充满阳光》。『科学春天』，一九七八年三月三十一日郭沫若在全国科学大会闭幕式上的讲话《科学的春天》。

悼念诗人李士非老师

淮海炮声惊暮晖，中原逐鹿战旗飞。
花城编辑扶文彦，正气歌吟壮国威。
向秀丽胸怀远大，逍遥游品格芳菲。
东京纪事切肤痛，热血男儿李士非。

【注释】『李士非』，著名诗人，江苏丰县人，曾参加淮海战役，后任花城出版社总编辑、《花城》杂志主编等职，代表作有《向秀丽》、《正气歌》、《东京纪事》、《逍遥游》、《热血男儿》、《北大荒之恋》等。一九九八年李士非旅日三月，写出了讨伐日本军国主义罪行的诗集《东京纪事》，诗云：跪着的德国总理，比站着的日本首相高大。

回家乡观音山有感

【题记】我的家乡观音山，坐落在粤东莲花山下的丘陵地带，面向潮汕平原，是潮客混居之地。二〇〇九年五月回乡，为揭东第一中学和玉湖宁化中学讲了两场诗歌讲座，其间拜谒了田螺地父母安息之所，又走访了宁化中学黄练瀛校长石壁头新居，回深后遂成律诗五首。幸甚至哉，歌以咏志。

云淡天高七彩霞，春风捷足到农家。
柴扉半锁林间路，桃李盈溪镜里花。
煮笋烧鱼三碗饭，谈天说地一壶茶。
从今应解刘郎意，归作田畴饭牛娃。

观音岽上白云飞，三月踏青故乡归。
谒祖祠堂敬鹅德，访朋石壁扣门扉。

庠序鼎新移俗陋，诗书教化寓精微。
耕读先生三不误，菜青瓜熟鲫鱼肥。

晴耕雨读结山庐，深谷回声草木苏。
满目田园三远色，一溪风月半床书。
文章自古真情感，名利从来费踌躇。
昔日牧童今访客，流连故地步当车。

酸涩青梅岁月飞，轻车熟路故乡归。
群峰突兀披云彩，村舍毗邻染翠微。
户户衣衫粮食足，家家电视洗衣机。
当年竹马今安在？苦楝花开桑子肥。

石壁溪流百草花，长岗岭染夕阳斜。
仙人献掌观音寨，山水呈祥上岭蛇。
海北天南游子梦，色深味苦故乡茶。
炊烟吹起荷锄月，赐福半山耕读家。

【注释】『敬鹅德』，相传观音山创祖黄清泉、黄活泉两公幼时为遗孤，替母舅养鹅度日。舅母刻薄刁蛮，常摸鹅屁股而规定日交蛋数，有鹅日生两蛋，使年幼之兄弟，有剩蛋可煮而食之，不致瘦骨嶙峋，饿毙荒野。每忆童年养鹅为乐，与鹅为伍；又闻书圣习书，以鹅为师；是故，以敬鹅堂主自居。

赴深卅年有感

如歌岁月竞潮流，卅载鹏城渐白头。
怀旧空遗年少梦，立身当为稻粱谋。
伶仃洋外千重浪，深圳河边百丈楼。
鸥鹭忘机名利事，苍茫天地任遨游。

窗外珠江南海滨，涛声依旧醉伊人。
一湾灯火催人梦，百卷诗书拔俗尘。
蜗角挂名怜鼠辈，虫鱼训诂误儒身。
新城浮躁奢华气，陋室文思敝帚珍。

【注释】『涛声依旧』，现代流行歌曲《涛声依旧》，陈小奇作词曲，毛宁演唱。

南非游感

世有珍奇鸿爪痕，彼兰斯堡祖鲁村。
太阳城里皆美景，约堡街头尽肥臀。
万里征途好望角，百年梦忆开普敦。
老爹胸襟泱泱海，博爱宽容天地尊。

【注释】『彼兰斯堡』，南非国家公园。『约堡』，约翰内斯堡。『老爹』，南非之父曼德拉老爹。

寄怀

屋梁落月夜茫茫，春去秋来岂敢忘。
张籍歌吟珠与泪，相如辞赋凤求凰。
林间耳语光阴度，笔底波涛诗酒狂。
为有真情多感动，此生何憾在高阳！

【注释】『屋梁落月』，比喻对朋友的怀念。『珠与泪』，唐代张籍《节妇吟》：还君明珠双泪垂，恨不相逢未嫁时。

时事感怀

如火如荼深圳湾，浪潮飞卷入云端。
胸中万象乾坤小，笔底波澜天地宽。
物欲横流心戚戚，感情泛滥胆寒寒。
莫为老大徒悲愤，世事纷纭壁上观！

【注释】『心戚戚』，《论语》：君子坦荡荡，小人长戚戚。

寄北京大学程郁缀教授

明月含情耀太空，未名湖畔落惊鸿。
文章锦绣建安骨，唐宋风流李杜功。
滨海酒徒才子气，均斋辞藻古人风。
长绳系日青春赋，师道尊严启学蒙。

【注释】『程郁缀』，江苏滨海县人，北京大学中文系教授、博导，著有《唐诗宋词研究》等。『长绳系日』，用长绳子把太阳拴住，比喻想留住时光。晋代傅玄《九曲歌》：『岁暮景迈群光绝，安得长绳系白日。』

自撰对联集句

黄道织天耀太空，长绳系日落惊鸿。
高阳酒徒才子气，扬马辞赋古人风。
玉友金昆皆志趣，唐才子传启文蒙。
心生万象乾坤小，大雁过河天籁空。

吴带曹衣盈若舞，君臣佐使寄相思。
长绳系日青蛾敛，青帝司春白马嘶。
龙舞九天春赐福，云开七彩凤来仪。
文若春华思泉涌，龙欲腾翥尺木知。

【注释】『大雁过河』，当代中医名家谢子衡先生在谈养生秘诀时说：我的人生观就如同大雁过河。意思是，生活中遇事就像大雁过河一样，过河的时候，河里有大雁的影子，大雁飞过去了，河里的影子就没了。换句话说，事来而人始见，事去而心遂空。

弄潮大亚湾

——题赠黄惜文同学

踏月追星乘早潮，云霞倒影浪迢迢。
花螺蛏子海中长，青口金蚝水里摇。
养殖浮排如列阵，穿梭快艇似飞镖。
鱼虾蟹蚌丰收宴，主客微醺频举瓢。

【注释】『花蛤、蛏子、青口、金蚝』，均为海鲜贝类名称。

惠来神泉游感

凤举葵阳五百秋，山灵水秀振鸿猷。
天宫万象藏浮世，后叶繁枝聚鹭鸥。
海角苍茫沉落日，神泉变幻起高楼。
赐君一柱文昌笔，福履潮乡澳角头。

【注释】此诗每句首字为『凤山天后海神赐福』。『葵阳』，惠来县古名葵阳。『神泉』，神泉镇的海市蜃楼与山东蓬莱齐名。『文昌笔』，神泉港南端建于清乾隆年间高二十六点四米的航标塔，景曰文笔高标，与北靠之文昌山，合意为文昌笔也。

己丑中秋

鹏城双节国旗城，结彩张灯庆阅兵。
天上玉盘千载好，家中妻女百般情。
焚香拜月桂花酒，啖饼品茶莲子羹。
仰望星空怀远念，茫茫宇宙有神明？

【注释】『仰望星空』，黑格尔名言：一个民族有一些关注天空的人，他们才有希望；一个民族只是关心脚下的事情，那是没有未来的。

老友古稀移民澳洲有赠

辗转鹏城岁月殊，以工调干气难粗。
班门疏业陶朱计，拣漏追星马未都。
能受折磨真好汉，不招嫉妒是庸夫。
古稀却作移民客，隔海犹思落叶无？

【注释】『以工调干』，改革开放初期，为争取调入深圳，很多干部把身份变成工人，然后再通过劳动部门办理调动手续。

二〇一〇年新加坡过春节

喧天锣鼓彩旗车，万户千家拜老爷。
结彩张灯乌节路，欢天喜地圣淘沙。
焚香拜祖团年饭，悦目赏心卓锦花。
息辣虽然非故土，乡音习俗却中华。

【注释】『老爷』，潮州人称神为老爷，拜神叫拜老爷。『卓锦花』，又名卓锦·万代兰，为新加坡国花。『息辣』，老华侨称新加坡为息辣，英语 Selat 音译，马来语海峡之意。

春晚节目《两毛钱一脚》风波有感

量力而行亦特殊，两毛一脚犯糊涂。
强买强卖大裤衩，不亢不卑马未都。
狐假虎威真笑料，鹦披隼翼是愚夫。
年年春晚摇钱树，岁岁国民上当呼！

【注释】『量力而行』，马未都文章名。『大裤衩』，央视建筑诙称。

无题

风华正茂忆当初，拙手惜无玉盘珠。
邂逅伶仃迷浪迹，弄潮深圳热头颅。
千般感慨梦寥廓，百载情怀寄雁雏。
市井奢靡名利计，谁家女子在当垆？

【注释】『玉盘珠』，唐代白居易《琵琶行》：嘈嘈切切错杂弹，大珠小珠落玉盘。『伶仃』，指伶仃岛及伶仃洋。『雁雏』，即鸿雏。唐代陈子昂《上殇高氏墓志铭》：绰然如鸿雏鹄子，有青云之意也。『当垆』，即文君当垆。

庆祝深圳特区成立三十周年

改革当惊世界殊，破旧立新如火荼。
昨日梧桐栖彩凤，今朝蛇口吐明珠。
莲花山顶巨人步，南海岸边华夏图。
杀出一条染血路，披荆斩棘拓征途。

【注释】『世界殊』，毛泽东词：神女应无恙，当惊世界殊。『莲花山』，深圳名山，上立邓小平迈步状塑像。『梧桐』，深圳梧桐山，海拔九百四十四米。『染血路』，邓小平改革开放语录：要杀出一条血路来！

题赠作家洪洋老师

当年四海暂居时，蛇口风波入话题。
旭日初航于舰长，青春焕发赞徐迟。
孤帆远影招商局，月色水声传世诗。
南面太阳升了起，诗人本是弄潮儿。

【注释】『洪洋』，著名作家、诗人，曾任湖北省作家协会党组书记、副主席，《长江文艺》主编等职，上世纪八十年代挂职招商局蛇口工业区工会副主席。著作有《初航》《于舰长》《孤帆远影》《月色水声》《徐迟的第二次青春》《洪洋蛇口日记——太阳从南边升起》等。『蛇口风波』，一九八八年一月十三日，青年思想教育家曲啸、李燕杰等与蛇口工业区青年的一场即兴对话，演变成搅动中国思想界的『蛇口风波』，蛇口青年提出的『主观为自己，客观为别人』的价值观，在全国掀起一场思想大讨论。

铁岗水库垂钓有感

春来百鸟又啁啾，一日垂纶解百愁。
斗角勾心门外汉，争权夺利饵里钩。
湖中鱼汛动心魄，水面波纹爬额头。
屏息凝神睛不转，千年渭水水悠悠。

【注释】『垂纶』，即垂钓，唐代胡令能诗：蓬头稚子学垂纶，侧坐莓苔草映身。『渭水』，传说为姜太公垂钓之所。

打羽毛球

不筑长城不打牌，工余老友打球徕。
平抽劈吊汗如雨，扣杀腾空势压雷。
你学林丹陈甲亮，我追宗伟鲍春来。
消除三酯将军肚，何羡升官与发财？

【注释】『筑长城』，打麻将代称。『林丹、陈甲亮、李宗伟、鲍春来』，均为羽毛球明星。『三酯』，即甘油三酯。

题赠牡丹画家大老崔老师

青帝不辞崔氏家，花开见佛耀中华。
环肥燕瘦天姿色，金马玉堂云锦霞。
画境入魂魂入魄，佳人如梦梦如花。
赤橙黄绿青蓝紫，好色之徒盛世葩。

【注释】『崔廷玉』，字子春，号大老崔，著名牡丹画家，河北承德人，自称好色之徒。『花开见佛』，大老崔重彩牡丹代表作，佛学泰斗本焕大和尚题款，深圳弘法寺珍藏，另参见佛教故事。

忆童年牵牛随父春耕

蛙鼓鸡鸣布谷啼，惺忪睡眼老牛骑。
父荷耙具叮当响，我舞竹鞭的得蹄。
云锦水田油彩画，秧苗珠露童话诗。
栉风沐雨春来早，谁令东风第一枝？

狗吠鸡鸣梦醒时，出工口哨嘀嘀吹。
饥肠辘辘犁铧响，溪水潺潺布谷啼。
路线斗争擂战鼓，田头竞赛插红旗。
躬耕十亩卸箍轭，牛牯开心啃草皮。

游乌镇

粉墙黛瓦市河东，欸乃一声春色浓。
远客争尝姑嫂饼，导游解说话吴侬。
林家铺子抒情地，似水年华掠艳踪。
好汉江楼三白酒，是非荣辱醉从容。

【注释】『乌镇』，著名作家茅盾故乡。《林家铺子》，茅盾著名小说。《似水年华》，二〇〇三年以乌镇为背景的爱情电视剧。『江楼』，即乌镇九江楼酒楼。『姑嫂饼、三白酒』，均为乌镇特产。

题赠摄影师高扬先生

粤北山城五尺童，却来蛇口打洋工。
高阳酒徒才子气，扬马辞赋古人风。
摄影灯光三脚架，临池柳体十年功。
镜头收尽众生相，留驻青春好面容。

【注释】『五尺童』，唐杜甫诗：君不见黄鹄高于五尺童，化为白凫似老翁。『高阳酒徒』，指嗜酒而放荡不羁的人，唐代高适《田家春望》：可叹无知己，高阳一酒徒。

题赠漫画家庄锡龙老师

弹唱吹拉样样通，新闻漫画奖牌丰。
北崇泰斗华君武，南敬怪才廖冰兄。
高考选题截错了，童年忆趣寄由衷。
朝花夕拾鹏城梦，碧海云天一钓翁。

【注释】『庄锡龙』，上海出生，祖籍广东潮阳，著名漫画家。『截错了』，一九九六年全国高考作文题选用庄锡龙漫画《截错了》。『朝花夕拾』，鲁迅先生杂文集《朝花夕拾》。『碧海云天』，碧海云天花园为庄锡龙老师退休后安居之所，闲来垂钓为乐。

二〇一〇南非世界杯

天南海角彩虹飞，动魄惊心世界杯。
战舞节拍轰轰哈，祖拉声贝呜呜吹。
C罗无奈梅西恼，亨利伤神鲁涅肥。
国足N年能出线，球迷十亿不心灰！

【注释】『战舞』，南非祖鲁族舞蹈。『祖拉』，南非球迷所吹喇叭，呜呜祖拉（Vuvuzela）。『C罗』，葡萄牙球星Cristiano Ronaldo。『梅西』，阿根廷球星Lionel Andres Messi，世界足球先生。『亨利』，法国球星Thirry Henry。『鲁涅』，英格兰球星Wayne Rooney，又译鲁尼。

赠玉雕工艺美术师冯玉唐先生

乌龙流域日曈曈，天地阴阳造化功。
温润斑斓呈五德，玲珑剔透显精工。
程门立雪蔚长海，凿壁拜师谭锦文。
玉友金昆皆志趣，唐才子传启文蒙。

【注释】『冯志文』，号玉唐，字上林，玉雕工艺美术师。『乌龙』，缅甸乌龙河流域，为翡翠发源地。『五德』，相传玉有五德：仁、义、志、勇、洁。『蔚长海、谭锦文』，均为中国玉雕大师。

题赠有涯艺屋许梓卫先生

昔日九街春燕斜，蹉跎岁月浪淘沙。
浆糊一桶和天下，艺屋有涯迎大家。
世故人情心荡荡，荣华富贵梦查查。
友朋常来如对月，书画共赏胜观花。

【注释】『许梓卫』，广东澄海人，特区早期到深圳打拼，拜师学艺，装裱经营，创办有涯艺屋画廊。『九街』，为深圳新安故城所在地，史载创建于汉晋时期，因一城九街而得名。『梦查查』，即懵嚓嚓，粤广府语，意为糊糊涂涂。

题赠画家诸彪先生

十甫寸客客家儿，蛇口招商鼓与呼。
藏纸千刀充大款，读书百卷厌阿谀。
胸无沟壑身心健，笔有乡情境界殊。
彪叔诙称皆讪讪，冇须老大远江湖。

青葱岁月渐模糊，画印诗书大丈夫。
学问不辞冷板凳，青春无悔热头颅。
油灯昨夜知风雨，土屋今朝入画图。
寄寓侨城何耿耿，深湾浪涌一蝣蜉。

【注释】『诸彪』，当代画家，广东河源人，号南山长客，别署墨诸，博客曰十甫寸客，诗文画影多为招商局蛇口工业区鼓与呼矣！

题赠画家邹富明老师

龙颈蜿蜒天顶湖，莲花龙脉客家儒。
可圈可点小名气，能曲能伸大丈夫。
太子山头寻画境，阿芝篱下作门徒。
浪潮席卷铅华尽，纸上风流岂墓谀？

【注释】『邹富明』，当代画家，广东揭西人，招商局蛇口工业区文化事业建设先驱，善画虾，拜齐白石阿芝门下。『能曲能伸』，邹氏画虾题词：伸曲生命之常也，曲卷以蓄势，伸张何潇洒，大丈夫进德修身之道，能伸能曲，或进或退，虾可以为师也！

题赠画家温伟先生

粤东子弟读书崇，携笔荷枪越战功。
五斗折腰西丽办，万千思绪马家龙。
梅兰竹菊四君子，画印诗书一世工。
二十一弦新曲歇，风华苑里乐融融。

【注释】『温伟』，当代画家，广东揭阳人，别署榕江水，擅传统笔墨，花藤瓜果，群禽虫鱼。『越战功』，温曾当兵参加对越自卫反击战。『西丽办』，深圳市南山区西丽街道办事处。『马家龙』，南山区马家龙工业区。『二十一弦』，即古筝，温伟女儿温冬溶擅弹古筝。『风华苑』，温所居住之小区。

参观上海世博会

世博旌旗猎猎风，中华鼎盛斗冠红。
五湖四海群星耀，十里洋场七彩虹。
少女金袍传世作，青铜时代夺天工。
春申陶醉浦江岸，不知人世与天宫！

【注释】『少女金袍』，即卢森堡馆身着战袍、手持橄榄枝、象征自由和抗争的金色少女像。『青铜时代』，即法国馆所展罗丹雕塑作品。『春申』，即春申君。

游揭西大北山度假村

莲花突屼揭阳西，李望嶂峰见天梯。
龙颈蜿蜒山水赋，京溪灵秀凤凰栖。
知青楼下旧怀抱，太子湖边新话题。
昔日长滩掌牛仔，今朝改革弄潮儿。

【注释】『李望嶂』，即岭南莲花山脉最高峰。『龙颈』，即广东第二大水库龙颈水库。『京溪』，即京溪园镇。『长滩』，大北山下一自然村。『掌牛仔』，客家话牧童之意。

题赠作家林坚先生

凤凰花树醉童年，深圳天空聚纸鸢。
有个地方扛鼎作，别人城市著名篇。
打工小说君鼻祖，开放诗歌我愧先。
莫向青春寻得失，蹉跎岁月忆云烟。

【注释】『林坚』，广东人，打工文学代表作家，著有小说《别人的城市》、《阳光地带》、《有个地方在城外》等。

浦东干部学院研修有感

执政为民第一条，修身立德戒奢骄。
创新何惧百年锁，改革当跨独木桥。
锦绣前程原是路，沧桑岁月化为潮。
凌霜傲雪人才树，敢立云端耀九霄。

【注释】『锦绣前程』，中国浦东干部学院门前为前程路，右侧为锦绣路。『人才树』，浦干院标识，有以人为本、『三个代表』、众字意、走字意、三人行必有我师等含义。

题赠画家谢申老师

惟楚有才闾大夫，隆中世代卧龙驹。
东湖蓄墨神来笔，南海听潮造化图。
菩萨慈悲罗汉笑，童娃快乐谢师呼。
江城亲友如相问，野鹤南山作艺徒。

【注释】『谢申』，著名画家，字砚父，湖北隆中人氏，娃娃画闻名于世，出版有诗集《冰壶集》、《西魂集》等。『闾大夫』，即三闾大夫，指战国时期楚国诗人屈原。

题赠宝安区委党校曾祥委教授

莲花山脉曾氏村，耕读传家代有闻。
酒露性情真汉子，文通雅俗异高人。
谋生阅世客潮广，学术拜师钟敬文。
盘古探源周易老，民风教化百年功。

【注释】『曾祥委』，广东丰顺人，民俗学教授，出版著作《田野角视——客家的文化与民性》、《南珠玑移民的历史与文化》、《盘古探源》等。『客潮广』，即客家人、潮州人、广府人。

敬赠特区先驱袁庚老人

饮马东江树战旗，秦城冤狱蝼蚁思。
要钱要命唯物者，揭地掀天壮怀辞。
改革冲天第一炮，复兴战略三步棋。
民殷国富路犹远，开拓先驱伏枥嘶。

【注释】『饮马东江』，抗日战争时期袁庚曾任东江纵队联络处长等职。『秦城冤狱』，『文革』时受到打击，袁庚在秦城监狱坐了五年半，高墙内观察蚂蚁，感叹蚂蚁的团结和无私。『要钱要命』，『时间就是金钱，效率就是生命』口号提出之初，有人攻击袁庚等人为『要钱要命』者。『第一炮』，一九七九年七月，蛇口工业区炸响开山填海通路建港的第一爆，被誉为中国改革开放第一炮。『三步棋』，即邓小平在改革开放初期提出的三步走发展战略。

题赠画家李照东老师

邹鲁之滨粤岭东，珠江影片号神童。
援书入画四僧骨，积墨成图懋质翁。
岁月无痕彭老祖，人生自在周伯通。
新朋友是同船渡，老笔墨皆旧情人。

【注释】『李照东』，著名画家，广东汕头人，中国美术家协会会员。『神童』，上世纪六十年代，珠江电影制片厂出品有纪录片《小小书法家——李照东》。『四僧』，明末清初画家石涛、八大山人、石溪、弘仁并称画坛四僧。『懋质翁』，现代杰出画家黄宾虹，名懋质，字朴存，号宾虹。『彭老祖』，即彭祖，传说中的古代养生家，相传活了八百八十岁。『周伯通』，金庸《射雕英雄传》小说人物，号称老顽童。

题赠书法家刘伟力老师

赣中名胜白云峰，仙女湖边聚鹄鸿。
笔墨当随时代妙，文章应合世人崇。
鸿飞兽骇二王骨，鸾舞蛇惊五指功。
能者为师收并蓄，毕生乐墨作书翁。

【注释】『刘伟力』，当代书法家，江西新余人，现为深圳市书画家协会副会长。『笔墨当随时代』，为明末清初画家石涛语。『文章应合』，白居易语：文章合为时而著，歌诗合为事而作。『鸿飞兽骇』、『鸾舞蛇惊』，均为唐代孙过庭《书谱》之语。『二王』，即王羲之、王献之。『乐墨』，刘伟力老师自称『乐墨轩主』。

赠《蛇口消息报》奚尚仁总编

伊春蛇口各安家，墨鬼文思堪自夸。
汤旺河边侣麋鹿，伶仃洋畔友鱼虾。
早餐一碗苞米粥，晚食两根生苦瓜。
天尚含糊人彻骨，毕竟中年下午茶。

【注释】『奚尚仁』，东北伊春人，笔名墨鬼，曾任《蛇口消息报》总编辑。『友鱼虾』，苏东坡《前赤壁赋》：友鱼虾而侣麋鹿。『中年下午茶』，董桥说：中年是下午茶，人已彻骨，天尚含糊。

赠书法家何锦明老师

鹿寨梅州蔗节甜，书坛醉侠世留名。
须臾丈纸龙蛇阵，顷刻全场喝彩声。
垂露悬针怀素醉，奔雷坠石张旭惊。
江流大海犹嫌束，云抱山峰唔爱平。

【注释】『何锦明』，当代书法家，出生于广西鹿寨，祖籍广东梅州，两地均盛产甘蔗。『龙蛇阵』，兵阵名，此处谓书法布局，清代陈梦雷《秋兴》云：营连列峤龙蛇阵，气壮空山草木兵。『悬针垂露』、『奔雷坠石』，均为唐代孙过庭《书谱》之语。『唔爱』，客家话，意为不要。

题赠袁承忠老师

一阁藏书赫赫名，港通天下月湖城。
君来港校为师表，吾混鹏城作酸丁。
十里洋场新面貌，百年梦境故人情。
放怀天地多诗意，老大何妨少壮行。

【注释】『袁承忠』，浙江宁波人，复旦大学毕业，上海港湾学校语文教师，退休后远赴阿根廷随亲定居。『一阁』，天一阁，天一阁是中国最早的私家藏书楼，也是亚洲现存最古老的图书馆。『酸丁』，王渔洋说：作家乃一酸丁也。

赠画家鲁慕迅老师

汝水东湖景色殊，书生意气楚天舒。
解衣槃礴真画士，舐笔凝神异高徒。
礼义孝廉皆典范，诗书画印已青炉。
江城风物鹏城梦，耄耋童心冰玉壶。

【注释】『鲁慕迅』，当代画家，出生于河南汝州，工作于武汉，汝水为汝州一河流，东湖则在武汉，为全国最大的城中湖。『解衣槃礴』，形容行为随便，不拘礼法。

怀念诗人徐迟老师

青春六十笔含珠，科学春天鼓与呼。
哥德巴赫陈景润，托尔斯泰瓦登湖。
欲迷心窍皆魔鬼，爱入膏肓便腐儒。
无奈君非蝙蝠侠，凌空化作九天乌。

【注释】『徐迟』，原名商寿，著名诗人，浙江湖州人，中国报告文学之父，著作有诗集《二十岁人》、《徐迟诗选》，报告文学《哥德巴赫猜想》、《地质之光》，译著《托尔斯泰传》、《瓦尔登湖》等。一九九六年十二月十二日深夜，徐迟不堪疾病缠身，于武汉同济医院跳楼自杀身亡。『蝙蝠侠』，美国电影人物，超级英雄。『九天乌』，古代传说天有九重、太阳中有三足乌，后以九天乌指代太阳。

赠诗评家杨光治老师

难卖千篇抵半卮，诗歌盈利亦传奇。
年轻思绪云天阔，远处星光神马驰。
北海灵山乡里梦，珠江流水枕边诗。
胸怀境界千千万，却为缪斯作嫁衣。

【注释】『杨光治』，著名诗评家，广西灵山人，曾任花城出版社副总编辑，以出版发行席慕蓉、汪国真等畅销诗闻名于世。『诗歌盈利』，一九八四年起，杨光治主持花城出版社诗歌编辑室，为全国出版界唯一盈利的诗歌室。『年轻的思绪』，汪国真诗作《年轻的思绪》获全国金钥匙奖。『远处星光』，席慕蓉选编出版的蒙古现代诗选《远处的星光》。『缪斯』，拉丁文Muses音译，古希腊神话中的诗神。

赴深卅年感怀

客家山水有文思，逐梦鹏城蒙太奇。
南海波涛天外梦，深湾潮水枕边诗。
离骚常读真名士，天下皆为无字师。
岁月无端销傲骨，书生何苦再顽痴。

【注释】『客家山水』，泛指客家人居住的地域。『蒙太奇』，法语montage，电影剪接组合之法。『真名士』，据作家汪曾祺回忆，诗人闻一多在西南联大授课时，点燃烟斗，打开笔记，侃侃而谈：痛饮酒，熟读《离骚》，乃可以为名士也。『无字师』，周恩来在天津南开中学读书时的自勉联：与有肝胆人共事，从无字句处读书。『销傲骨』，鲁迅题小说集《呐喊》诗句：积毁可销骨，空留纸上声。

题揭阳楼

莲花宝地揭阳楼，榕水岐山一望收。
秦越先驱开盛业，汉唐后俊竞风流。
珠宫万象藏浮世，孔庙千秋聚鹭鸥。
给力岭东时俱进，富民强市展宏猷。

【注释】『揭阳楼』，由企业家黄畅然先生捐建的揭阳楼及其广场，二〇一〇年十二月六日剪彩落成。『榕水』，即榕江。『岐山』，即黄岐山。『孔庙』，揭阳孔庙又称文庙、揭阳学宫，创建于宋绍兴十年，为揭阳古代最高学府。『给力』，流行语。

赠诗人陈图渊老师

息辣青年热血浓，保家卫国立军功。
汨罗江畔寻芳草，湘子桥头唱大风。
卅载湘西游子梦，半生深圳乐天翁。
侨城梦里三五树，故地春回又葱茏。

【注释】『陈图渊』，著名诗人，新加坡出生，祖籍广东潮州，笔名韩江柳，十五岁归国参加志愿军，新加坡全球汉诗总会副会长兼秘书长，深圳市艺术学院教授。『息辣』，指新加坡，英文Selat译音，海峡之意。『侨城』，陈老师退休寓居华侨城，诗云：梦里曾栽三五树，醒来无果又无花。

题赠书法家、篆刻家钟国康

最丑那人钟国康，雷人黑发黑衣装。
笔养天地精神气，石刻春秋雨雪霜。
丈纸纵横惊四座，寸方气度镇边疆。
云开眉目苍穹貌，我自为师岂夜郎？

【注释】『钟国康』，书法家、篆刻家，广东湛江人，别号寄缶庐，出版有《钟国康书法篆刻集》、《金字招牌》等。『最丑那人』，《最丑的那个人——钟国康另类艺术人生》，陈文著，作家出版社二〇一〇年六月出版。『雷人』，网络流行语，钟系雷州半岛人氏，自称雷人。『我自为师』，画家石涛语。『云开眉目』，黄庭坚《东坡先生真赞》：眉目云开月静，文章豹蔚虎炳。

题赠中山大学谢有顺教授

汀水美溪堪自夸，珠江春日煮新茶。
凤凰醉酒文思熟，瑞兽投胎笔梦花。
中大铮铮几谔士，文坛耿耿一团麻。
虽无官守有言责，但有胸怀读五车。

【注释】『谢有顺』，著名文学评论家，福建长汀美溪村人，中山大学教授、博导，著有《从世俗中来，到灵魂里去》等。『凤凰醉酒』『瑞兽投胎』，均为长汀美食名。『谔士』，谔谔之士，直言争辩之士。苏东坡《讲田友直字序》：千夫诺诺，不如一士之谔谔。

赠诗人祁人先生

逐梦京城红豆思，灯城灼灼紫薇枝。
真情流露多佳作，无病呻吟少好辞。
太白风流山水幸，新娘模样母亲姿。
爱入膏肓情何憾？文到妙处便是诗。

【注释】『祁人』，著名诗人，四川自贡人，中国诗歌学会常务副秘书长、中国诗歌万里行总策划，著有诗集《忘却是一种美丽》、《掌心的风景》等。『紫薇』，自贡市花。『新娘模样母亲姿』，祁人《和田玉》诗云：为什么叫新娘/新娘啊，是母亲将全部的爱/变做妻子的模样/从此陪伴在我的身旁。『文到妙处便是诗』，诗人徐迟之语。

赠艺术杂家黄河先生

大陆李敖丁是丁，良心如枕梦初惊。
谁知匕首投枪手，自诩工农商学兵。
刻薄文辞当棒喝，优雅字印却抒情。
若非脱俗超凡者，跳进黄河洗不清。

【注释】『黄河』，广东揭西人，书法家、杂文家、策划家，自称当过工农商学兵，有大陆李敖之称，著有《黄河指书、篆刻、硬笔书法作品集》、杂文集《画里有话》等。『丁是丁』，即丁是丁、卯是卯，天干地支，不能相混，形容做事认真，一丝不苟。『良心如枕』，黄河写的一篇杂文名。

赠诗人吉狄马加方家

昭觉少年自昂藏，支呷阿鲁射天狼。
仓央嘉措藏歌地，吉狄马加火凤凰。
青海胸怀存锦绣，昆仑境界大文章。
送你上帝的粮食，我吉勒布特姑娘。

【注释】『吉狄马加』，彝族，著名诗人，四川凉山人，历任全国青联副主席，青海省委常委、宣传部长，中国作家协会副主席等职，著有诗集《初恋的歌》、《鹰翅和太阳》等。『支呷阿鲁』，相传为彝人的始祖和英雄。『仓央嘉措』，六世达赖喇嘛，西藏著名的浪漫诗人。『火凤凰』，传说中的神鸟，也是世界上最美的鸟，当它自觉处在美丽的巅峰，无法再向前飞行的时候，就自己火焚，然后在灰烬中重生。『上帝的粮食』，当代诗人王燕生诗学随笔《上帝的粮食》。『吉勒布特』，大凉山地带一地名。

赠诗评家张同吾老师

梦里冰城竹马游，京华岁月著春秋。
不商不仕凌云笔，有学有情孺子牛。
传世诗歌真美善，留芳名节史公传。
借我一双慧眼吧，李杜当年非主流。

【注释】『张同吾』，著名诗评家，出生哈尔滨，祖籍河北乐亭，中国作协创研部研究员、中国诗歌学会秘书长，著作有《诗的灿烂与忧伤》、《哲学的白天与诗的夜晚》等。『有学有情』，董桥语：有学才有深度，有情才不会枯燥。『借我一双慧眼吧』，当代歌星那英《雾里看花》歌词。『李杜当年非主流』，据上海古籍出版社出版的《唐人选唐诗十种》统计，李白、杜甫诗歌极少入选，有的选本甚至不选，徒令后人心生感慨。

赠青年作家吴君女史

奢华年代梦当真，荒诞构思耳目新。
小说如今兴刺激，世风眼下重金银。
文章发表两人读，诗作流行下半身。
吴带曹衣盈若舞，君臣佐使息相因。

【注释】『吴君』，著名作家，河北泊头人，深圳市作家协会副主席，著有小说《我们不是一个人类》、《亲爱的深圳》，散文集《天越冷越好》等。『文章发表两人读』，某作家作品发表，发现排错段落，急电杂志责任编辑，责编说，不用紧张，认真阅读大作的，除你我两人外，估计不会有第三者。『下半身』，二〇〇〇年七月先锋派诗人沈浩波炮制出《下半身写作及反对上半身》，提出『诗歌从肉体开始，到肉体为止』的观点，并出版《下半身》诗歌杂志。

赠画家王德旭老师

固守晓风残月楼，蓬莱仙岛海城鸥。
师牛堂主求章印，元白先生赠打油。
腹有诗书龙虎阵，胸无沟壑汗车牛。
放怀天地书斋外，笔墨为零神马游。

【注释】『王德旭』，著名画家，祖籍山东蓬莱，辽宁海城出生，上世纪八十年代移居深圳，诗书画印皆通，斋名抱今斋、晓风残月楼等。『师牛堂主』，著名画家李可染斋名师牛堂。『元白先生』，著名书法家启功先生，字元白。『笔墨为零』，著名画家吴冠中语，并引起画坛激烈争论，其原旨应为：修养为上，笔墨为零。『神马』，网络流行语：神马都是浮云。

泰山游感

情满青山泰岳游，登临绝顶气如牛。
林间仙子无缘遇，世上文君不易求。
相悦何须铜锁结，修身岂止稻粱谋。
天峰凛凛天难老，莫笑多情渐白头。

【注释】『绝顶』，杜甫诗：会当凌绝顶，一览众山小。『天峰』，即天柱峰。『多情渐白头』，苏东坡词：多情应笑我，早生华发。

无题怀想

亮翅流星一笑颦，万家灯火醉红尘。
人间真爱重情义，世上知音弥足珍。
化蝶归茔千古恨，飘蓬回首百年身。
那堪世事空怀抱，胸次何以寄可人？

【注释】『化蝶』，相传东晋时梁山伯与祝英台的爱情故事，感动天地化蝶双舞。『胸次』，指胸怀，宋代黄庭坚诗：豁然开胸次，风至独披襟。

题赠深圳弘法寺印施法师

暮鼓晨钟弘法身，仙湖禅影远凡尘。
愤时嫉俗须感化，乐业安生倍精神。
卅载鹏城梦寥廓，百年烟雨悟迷津。
梧桐山顶月明夜，一样相思百样人。

【注释】『印施法师』，上海人，俗名王力布，深圳仙湖弘法寺剃发出家，师从中国佛界泰斗本焕长老。『迷津』，佛教用语，指迷妄的境界。

题赠老兄弟洪鹰飞

白面书生潮剧中，肥头大耳性灵通。
追寻花信养蜂伯，守护海疆洪圣公。
喝酒三斤称好汉，食糜八碗亦英雄。
此生愿向花丛老，不惜将身化蝶蜂。

【注释】『洪鹰飞』，广东揭阳人，嗜酒豪爽，颇有侠义心肠。『潮剧』，流行于粤东潮汕地区的民间戏剧。『洪圣公』，相传洪圣公就是传说中的祝融、火帝，司夏日，司南岳，司南海，被海疆渔民奉为神明。

题赠气功师袁健骅医生

城角陶埙呜呜吹，闻鸡起舞练几回。
传承武艺路文瑞，受业岐黄吕炳奎。
除暴安良凭法治，悬壶济世系民哀。
一针起死回生术，不负苍天降异才。

【注释】『袁健骅』，气功大师，出生于古都西安，祖籍安徽宿县，白猿通背拳传人，卫生部中老年健康保健咨询委员会委员。『路文瑞』，一代武术宗师。『岐黄』，原指中医始祖岐伯和黄帝，后为中医代称。『吕炳奎』，中医泰斗，曾任卫生部中医司司长。

有感于与吾同名同姓者

世间何处觅神明，利禄功名误此身。
靖节先生五斗米，相如辞赋百斤金。
裸婚年代情何憾？非典时期梦亦真。
师古师今师造化，同名同姓不同人。

【注释】『靖节先生』，即陶渊明。『相如辞赋百斤金』，相传司马相如为陈皇后作《长门赋》一篇，润笔竟得黄金百斤。『裸婚年代』，电视连续剧《裸婚时代》，改编自唐欣恬小说《裸婚》。『非典时期』，即二〇〇三年SARS时期，泛指非常时期。

赠陈为彬乡贤

韩江春雨涨文思，古巷书声夜鼠饥。
论画评诗无影迹，愤时嫉俗有微词。
哥伦比亚洋荦梦，南国鹏城潇洒姿。
如是我闻心耿耿，大千世界即吾师。

【注释】『陈为彬』，广东潮州人，少习瓷画，后以水墨为乐，笔名无影，生性乐观，不为生活所羁绊也。『洋荦梦』，中国加入WTO之前，为使纺织品顺利进入美国，陈为彬年轻时曾往哥伦比亚做转口贸易两年，留下洋荦梦。

题赠诗人李瑛老师

丰天润土燕山秋，大好河山任唱酬。
袖里文章存境界，军中才子显风流。
爱为幸福终点站，诗是灵魂底漫游。
战士忠诚悬日月，人民歌者赛鹏鸥

【注释】『李瑛』，著名诗人，河北丰润人，北京大学毕业，曾任解放军总政文化局长、全国文联副主席等职。『丰天润土』，即丰润县。『幸福终点站』，美国影星汤姆·汉克斯(Tom Hanks)主演的电影《幸福终点站》(*The Terminal*)，又名《航站奇缘》。『诗是灵魂底漫游』，当代学者王岳川说：诗是一种灵魂的漫游。

题赠堪舆名师吴伟国先生

仙人取宝水龙经，铜鼓峰峦日月生。
香象渡河星宿现，雄狮拜佛大仪行。
芙蓉国度游莘子，八卦乾坤识地衡。
莫问杨公灵穴位，诗书耕读德馨名。

【注释】『吴伟国』，广东丰顺人，湖南大学化学系毕业，获学士学位，却醉心于堪舆学，踏遍青山，乐此不疲。『铜鼓峰』，丰顺县最高峰，素有粤东第一峰之称。『杨公』，唐代光禄大夫杨筠松，为杨派风水学创立者。

立秋有感寄QQ

朝云暮雨醉苏郎，千古文思急就章。
爱是痴情依士粉，梦为尘世底行囊。
人非木石终易老，诗有别才自癫狂。
虽至立秋天尚热，一头雾水好清凉！

【注释】『朝云暮雨』，原指神女峰早晚的变化，用以比喻男女欢会，朝云借指苏轼侍妾王朝云。『依士粉』，即酵母。『梦为尘世底行囊』，台湾歌星孟庭苇歌词：冬季到台北来看雨，梦是唯一行李。『诗有别才』，宋代严羽《沧浪诗话》：夫诗有别才，非关学也；诗有别趣，非关理也。『一头雾水』，形容摸不着头脑，糊里糊涂，网络流行语：学问之美，在于使人一头雾水。

中元无题

善睐明眸秋水盈，清汤挂面醉儒生。
人间何事惊魂魄，世上什么最动情？
真爱应无铜臭味，浮生却有鹧鸪名。
偕行看海忘鸥鹭，听取深湾潮汐声。

【注释】『清汤挂面』，原指一种面食，现为网络语，用来形容不拜金羡富、不过分追求时尚、安于平常生活并注重精神文化品位的女子。『鹧鸪名』，晚唐诗人郑谷以《鹧鸪》诗名世，后以鹧鸪名借指诗名。『忘鸥鹭』，即鸥鹭忘机。

辛卯中秋

眺望深湾明月思，天宫玉兔眼迷离。
苍穹星斗无终始，世上龟蛇有竟时。
烈酒三杯能壮胆，诗书一卷可疗饥。
人生苦短知音少，莫笑尾生是白痴。

【注释】『眼迷离』，《木兰辞》：雄兔脚扑朔，雌兔眼迷离，双兔傍地走，安能辨我是雄雌？『有竟时』，曹孟德《龟虽寿》：神龟虽寿，犹有竟时。『尾生』，是历史上第一个有记载为情而死的青年，据《庄子·盗跖》：尾生与女子期于梁（桥）下，女子不来，水至不去，抱梁柱而死。

长白山天池游感

风驰电掣上天门，北国风光我独尊。
日照瑶池明晃晃，风吹云雾乱昏昏。
将军挺拔盈冰雪，水怪迷蒙遗梦痕。
请放慢你们脚步，等待孤独底灵魂。

【注释】『将军』，即将军峰，长白山最高峰。『水怪』，指长白山天池水怪之谜。『放慢你们脚步』，印第安人谚语：别走得太快，等一等灵魂。

辛亥革命一百周年感怀

外患内忧家国愁，是谁浴血在城头？
丰碑斑驳枪声远，天地苍茫岁月稠。
大道之行存旧念，小康建设却洪流。
奈何赞美无意义，实则灵魂不自由。

【注释】『城头』，鲁迅诗句：梦里依稀慈母泪，城头变幻大王旗。『岁月稠』，毛泽东《沁园春·长沙》：携来百侣曾游，忆往昔峥嵘岁月稠。『大道之行』，古语：大道之行也，天下为公。

题赠杂文家鄢烈山老师

通顺河边桑树栽，南方周末显殊才。
一人经典忧天下，百卷诗书当足财。
匕首投枪除世弊，江山评点叹民哀。
教溪涧死鱼浮去，让读书人站起来。

【注释】「鄢烈山」，著名杂文家、时评家，湖北仙桃人，南方报业传媒集团高级编辑。「通顺河」，古名旗鼓堤河，流经仙桃市的河流。「一人经典」，鄢烈山杂文集《一个人的经典》获第三届鲁迅文学奖。「江山评点」，即鄢烈山杂文集《评点江山》。「读书人站起来」，华东师范大学许纪霖教授著作《读书人站起来》。

题赠深圳文化名人胡野秋仁兄

纵横中国说神州，青弋江边岁月稠。
酒友诗朋多痛快，胡腔野调亦风流。
将真情奉献观众，把月亮还给中秋。
唯有死鱼顺流下，断无骏马作耕牛。

【注释】「胡野秋」，安徽芜湖人，著名文化学者、作家，凤凰卫视《纵横中国》栏目总策划、主持人。「青弋江」，古称清水或泾溪，流经芜湖注入长江。「胡腔野调」，胡野秋作品集《胡腔野调》。「把月亮还给中秋」，胡野秋博文名。

夜读随想

浮生最乐少年游，地阔天宽云水舟。
壮丽河山多境界，和谐社会少权谋。
神存富贵轻阿堵，志向鹄鸿重山丘。
人怕老来文怕嫩，休将浅薄作风流。

【注释】『云水舟』，即水云舟，谓泛舟于水云之际。元代仇远《答胡苇杭》：蕉鹿梦回天地枕，莼鲈兴到水云舟。『神存富贵』，唐代司空图语：神存富贵，始轻黄金。『重山丘』，清代黄仲则诗句：高会题诗最上头，姓名未死重山丘。『人怕老来文怕嫩』，董桥语：人怕老，文怕嫩。

读朱淑真《断肠集》有感

青芝坞巷日曛曛，千古幽思岭上云。
每忆诗怀妆堕泪，却怜陌路篆愁君。
石榴裙下无新事，故纸堆中有旧闻。
时光机器能同世，愿至桃村作鸟勤。

【注释】『朱淑真』，宋代著名女诗人，号幽栖居士，现存《断肠集》、《断肠词》传世。『青芝坞』，杭州西湖一地名，相传为朱淑真墓葬之地。『岭上云』，龚自珍诗：照人胆似秦时月，送我情如岭上云。『妆堕泪』，即堕泪妆，古时妇女面妆的一种，薄施素粉，有如啼哭。『篆愁君』，蜗牛别称。『桃村』，相传朱淑真世居桃村。『时光机器』，二〇〇二年美国 Dream Works 公司出品的电影 *The Time Machine*。『鸟勤』，即青鸟殷勤，唐代李商隐诗：蓬山此去无多路，青鸟殷勤为探看。

赠杂文家任芙康老师

呷酒麻花相益彰，回锅肉里有名堂。
荷枪携笔终文士，把酒谈天亦舌芒。
鼻孔朝天多傲骨，额颅着地少昂藏。
高才自古皆超脱，伊妹君为作嫁妆。

【注释】『任芙康』，四川渠县人，天津《文学自由谈》主编。『呷酒』，渠县特产，一种高粱酿制的低酒度饮料，曾获四川省群众喜爱商品称号。『鼻孔朝天』，任芙康随笔《鼻孔朝天的人》。『伊妹』，即E-mail，《文学自由谈》启事：只拜读纸面文稿，认可后会通知作者，向指定伊妹儿发文稿。

赠乡贤蔡树忠中医师

十字青囊岁月深，月城赤岸五株林。
一门三代七医士，百部千张太子参。
先祖蔡伦存好德，业师扁鹊立规箴。
杏风高奏悬壶曲，儒士长怀济世心。

【注释】『蔡树忠』，中医师，广东揭阳月城镇赤岸村人，其父受业于上海中医名师方公浦，回乡后创办治源堂药铺，广为义诊，成为杏林佳话。『五株林』，相传三国吴董奉隐居庐山，为人治病不取钱，病重愈者植杏五株，积年蔚然成林。

读高尔泰《寻找家园》有感

梦里家山添旧愁，敦煌霜月夹边沟。
流亡有幸成鸥鹭，论美无端作楚囚。
满纸苍凉凝血泪，半生悲恻守风猷。
人间天地浩然气，不尽长江滚滚流。

【注释】『高尔泰』，美学家、画家、作家，江苏高淳人。因发表美学论文《论美》而被打成右派，遣送到甘肃省夹边沟劳改农场劳改。后漂洋过海，移居美国。『楚囚』，恽代英《狱中诗》：已摈忧患寻常事，留得豪情作楚囚。

清明节回乡谒祖返深有感

观山梦里少年游，地北天南云水舟。
踏浪伶仃迷影迹，弄潮深圳作鹏鸥。
千秋故国繁华梦，百载风云壮士头。
五秩人生多憾事，时光机器惜难求！

【注释】『伶仃』，即伶仃洋，古称零丁洋，文天祥诗：惶恐滩头说惶恐，零丁洋里叹零丁。『繁华梦』，繁盛美好的梦，宋代陆游诗：放翁五十犹豪纵，锦城一觉繁华梦。

题赠有呈

京华风物富春秋，南国鹏城壮志酬。
从政愧为名利客，呼朋却作醉乡侯。
空谈误国须铭戒，实干兴邦要计谋。
书画琴棋皆逸醉，此生有味在工休。

【注释】『富春秋』，即富于春秋。『名利客』，宋代黄庭坚《牧童诗》：多少长安名利客，机关算尽不如君。『此生有味』，宋代苏东坡诗：醉饱高眠真事业，此生有味在三余。

新儒家（之一）马一浮

传经马列岂冬烘，六艺诗书广博闻。
谁使才情惊四海，终能迎刃解三坟。
斯人德业长江水，绅士文章女子裙。
百世千秋归一瞬，崦嵫落日总浮云。

【注释】『马一浮』，浙江绍兴人，著名思想家，中国引进《资本论》第一人。『冬烘』，迂腐、浅陋之意，李慎之先生说：马一浮只是一个冬烘而已。『六艺』，指诗、书、礼、乐、易、春秋，乃国学精粹。『才情惊四海』，清龚自珍语：纵使文章惊海内，纸上苍生而已。『三坟』，指中国最古老的书籍。『女子裙』，林语堂语：绅士的文章应像女人的裙子，越短越好。『崦嵫』，即崦嵫山，马一浮临终诗：乘化吾安适，虚空任所之。形神随聚散，视听总希夷。沤灭全归海，花开正满枝。临崖挥手罢，落日下崦嵫。

新儒家（之二）梁漱溟

乡村建设乌托邦，反面教员世无双。
三请何以乞雅量，百辞莫辩一言堂。
伟人调侃伪君子，后辈尊称真脊梁。
头顶光环皆掠影，那堪遗臭与流芳。

【注释】『梁漱溟』，祖籍广西桂林，著名思想家，著有《乡村建设理论》等。『乞雅量』，一九五三年九月十八日全国政协会议上，发生梁漱溟顶撞毛泽东主席的事件。

新儒家（之三）熊十力

少年仗剑武昌门，天地苍茫我独尊。
灌顶当推禽兽说，菩提开化佛儒根。
呕心沥血著新识，傲世孤标铸哲言。
利禄功名如粪土，斯人伟岸在精魂。

【注释】『熊十力』，湖北黄冈人，著名哲学家，著有《新唯识论》等。『武昌门』，熊十力十四岁从军并考入湖北陆军特别小学堂，参加反清革命团体和武昌起义。『我独尊』，即佛家语惟我独尊，意思是说人什么都可以不在乎，唯独不能忘记自己的本心。『禽兽说』，熊说其少年时，因读明代陈白沙的《禽兽说》而顿然开悟。

著名诗人聂绀弩

新奇幽默好辞章，高级打油也宋唐。
酒过三巡真本性，天生一副臭皮囊。
头颅可抵千斤顶，胆气能摧百炼刚。
射向未来兮子弹，折回美丽底灵光。

【注释】『聂绀弩』，生于湖北京山，著名诗人、杂文家，『文革』时惨遭迫害，被判无期徒刑，一九七六年平反获释。『新奇幽默』，后世评论聂诗：新奇而不失韵味，幽默而饱含辛酸。『高级打油』，冯永军在《当代诗坛点将录》云：聂绀弩诗，可称之曰高水准之打油诗。『射向未来兮子弹』，在美国文化中，诗歌具有至高无上的地位，被视为从现实世界射向未来的子弹，折射回的光泽，带着美丽、爱意和自由的灵光。

拟结婚誓词

人海之中找到你，两情相悦俩相知。
子云风采三秋月，佛说姻缘千载痴。
鸾凤和鸣连理树，相濡以沫案齐眉。
妇随夫唱传家教，贫富兴衰不弃离。

【注释】『人海之中找到你』，《射雕英雄传》歌词：人海之中，找到了你，一切变了有情义，从今心中，就找到了美，找到了痴爱所依。『风采三秋月』，诗联：风采三秋明月，文章万里长江。『千载痴』，源于清代《义妖传》里的一句话：百年修得同船渡，千年修得共枕眠。『相濡以沫』，《庄子·大宗师》：泉涸，鱼相与处于陆，相呴以湿，相濡以沫，不如相忘于江湖。

时事随感

穿衣戴帽费民财，形象工程究可哀。
政绩缠绵GDP，民生纠结CPI。
拼爹年代爹也鲎，房控时期房亦媒。
欧债危机平地起，西天隐隐作惊雷。

【注释】『穿衣戴帽』，对旧市容市貌改造提升工程的俗称。『形象工程』，能够标榜某些官员个人政绩的门面工程。『CPI』，消费物价指数。『拼爹年代』，指当今年轻人比拼的不是自己的能力，而是各自的父母。『鲎』，原指海洋古生物，读厚音，与网络流行语Hold同音。『房控时期』，指二〇一〇年起国家对房地产市场实行严厉的限价限购限贷等调控政策时期。『欧债危机』，指二〇〇八年全球金融危机爆发后，希腊、冰岛等欧盟国家所发生的主权债务危机。

复旦大学进修有感

不论白猫和黑猫，边陲巨变戒奢骄。
浦江两岸日新异，深港同城互赶超。
升级转型寻景遇，双年建设立高标。
珠峰境界凌云笔，不负滔滔改革潮。

【注释】『白猫和黑猫』，出自《邓小平选集》（第一卷）中《怎样恢复农业生产》：黄猫、黑猫，只要捉住老鼠就是好猫。『双年建设』，宝安区提出二〇一二年为『转型升级年、作风提升年』。『不负滔滔改革潮』，源于作家端木蕻良的诗《有赠》：大野苍苍楚水寥，中原霸业莽萧萧。犹有天南春一树，不负长江上下潮。

潮鼓夯歌

激情岁月血如潮，改革争当黑白猫。
潮鼓夯歌创业路，鸿图华构彩虹桥。
姓资姓社谁裁定？美日俄欧我赶超。
祖国河山如意笔，风流人物看今朝。

【注释】『激情岁月』，作家石钟山小说《激情燃烧的岁月》及二〇〇一年同名电视剧。

宁化中学廿年校庆回乡感怀

车入缶窑车辘轻，乡村夕照雨秋晴。
童年忆趣怜幽草，驽马知途托后生。
廿载风霜桃李盛，卅年梦境故人情。
从今应作柯亭想，山谷悠扬牧笛声。

【注释】『缶窑』，揭阳观音山村盛产大水缸而闻名潮汕平原，现仅剩窑址。『怜幽草』，钱钟书《槐聚诗存》：晚晴尽许怜幽草，末契应难托后生。『驽马』，《荀子·劝学篇》：驽马十驾，功在不舍。『柯亭』，浙江绍兴古地名，以产良竹著名。清代赵翼《新春宴集草堂》诗：百年人物出柯亭，故事犹传旧典型。

保卫钓鱼岛

【题记】日本政府不顾中国政府的严正警告，于二〇一二年九月十一日上演了所谓『钓鱼岛购岛』闹剧，公然侵犯我国神圣领土，遭到中国政府和人民的强烈抗议和反对。

昨梦稼轩挥剑奔，厉声喝我赴辕门。
扶桑神社昏鸦噪，东海惊涛骇浪吞。
甲午风云遗国恨，卢桥霜月叹哀鸿。
何时乘勇斩倭寇，告慰同胞不死魂。

【注释】『稼轩』，南宋爱国词人辛弃疾，字幼安，号稼轩。『辕门』，古时军营门或官署外门。『昏鸦噪』，即昏鸦鼓噪。

相聚羊城太古仓

【题记】上海港湾学校校友QQ群相约，二百多名校友于二〇一二年十月十三日相聚广州太古仓码头。

相聚花城话别离，畅谈校谊语丝丝。
万般心事寄寥廓，百载情怀遗梦痴。
多想当年相执手，奈何眼下却蹰踟。
声声珍重珠江水，日夜东流赞美诗！

【注释】『寥廓』，毛泽东诗句：我欲因之梦寥廓，芙蓉国里尽朝晖。『日夜东流』，唐代鱼玄机诗：忆君心似西江水，日夜东流无歇时。

夜游珠江

同窗相伴不知愁，也作青春踏浪游。
往事回思如夜色，旧情复发似江流。
苍穹星斗天河现，珠岸琼楼光影浮。
数码相机茄子笑，蛮腰堪比女名优。

【注释】『往事』，汪曾祺对联：往事回思如细雨，旧书重读似春潮。『天河』，指广州天河区，参看郭沫若诗歌《天上的街市》。『蛮腰』，广州电视塔小蛮腰，位于珠江之畔，高六百米，中国第一高塔，世界第四高塔。

重游峨眉山

【题记】二〇一二年『党的十八大百日防护期』过后，区政法委联合四川大学举办维稳干部短期研修班，余忝列为学员并赴成都，课余重游峨眉山。

天下名山域外闻，研修维稳课昏昏。
灵猴争霸多妻妾，树挂凌霄少龌尘。
峰嶂百重浮佛阁，霞光万道显贤尊。
心中尘世千千结，化作峨眉一片云。

【注释】本诗押《诗韵新编》十五痕。『贤尊』，即普贤菩萨，峨眉山为普贤菩萨的道场。

题赠警察书法家吴镇光乡贤

武酒文茶堪自夸，吹拉弹唱笑哑哑。
修身养性崇三德，除暴安良护万家。
宣纸一张现江海，笔端五寸聚烟霞。
放飞庸俗底生活，心比翅膀更天涯。

【注释】『吴镇光』，广东澄海人，深圳刑警，好武功，善书画，弘扬潮汕文化不遗余力。『笑哑哑』，清袁枚《山行》：山行不觉笑哑哑，爱好真无贵贱差。『三德』，智、仁、勇三者。

春节值守有感

值守何言苦与辛，万家灯火醉良辰。
雷锋一辈瘦羊士，饭盒三千肥我身。
国酒茅台新禁令，文山会海老风尘。
红霞诱饵谁能抵，我是另外一个人？

【注释】『瘦羊士』，即瘦羊博士，指克己让人，清代王士禛《渔洋诗话》：多少长安苦吟客，瘦羊博士擅风流。『老风尘』，唐代高适诗：一卧东山三十春，岂知书剑老风尘。『红霞』，即赵红霞，重庆雷政富事件女主角，以性作为诱饵，拍摄官员性爱视频进行勒索，涉案落马官员十多名。『我是另外一个人』，法国诗人阿尔蒂尔·兰波沉醉于多变的人生，执着地尝试着『我是另外一个人』的生活，他需要不断地成为『另一个人』，来确认自己的存在。

癸巳年深圳过春节

鹏城佳节庆团圆，结彩张灯丝竹弦。
新酿那堪作泥醉，老怀何复再缠绵。
文章经国梦中梦，壮志凌云天外天。
大地春呈丰稔景，家庭酒贺小龙年。

【注释】『丝竹』，音乐的总称。『老怀』，宋杨万里《和萧伯和韵》：桃李何忙开又零，老怀易感扫还生。『文章经国』，曹丕《典论·论文》：盖文章经国之大业，不朽之盛事。

重题深圳精神感怀

当年改革舞蹁跹，开放敢为天下先。
卅载风云浮世绘，一湾潮水泛漪涟。
人生出彩梦中梦，明月入怀天外天。
不论转身多少次，屁股终将在后边。

【注释】『浮世绘』，原指日本江户时代兴起的一种民间绘画，借指浮沉聚散不定的世间百态。『人生出彩』，习近平说，实现中国梦就是让人民共同享有人生出彩的机会。『明月入怀』，比喻美好的情景进入心襟，胸怀为之开朗。唐温庭筠《醉歌》：朔风绕指我先笑，明月入怀君自知。『不论』句，瑞典谚语：无论你转身多少次，你的屁股还是在你的后面。

相聚京明

【题记】揭东县玉湖中学七九届同学于二〇一三年元旦相聚于揭西县京明温泉度假村。

相聚京明前世缘，青春小鸟一溜烟。
虎山灯映少年梦，潭岭书翻五更天。
初恋茫然无影迹，往怀穿越有遗篇。
悠悠东逝南河水，日夜奔流奏管弦。

【注释】『虎山』，玉湖中学原址。『潭岭』，玉湖中学新址。『穿越』，现代流行语，人们为达到某种心灵慰藉而幻想穿越时空，到达理想的境界。『有遗篇』，毛泽东词：『往事越千年，魏武挥鞭，东临碣石有遗篇』。『南河』，即粤东榕江南河。

寄怀有赠

岁月峥嵘回首惊，芙蓉国度凤凰鸣。
文章经国诗人梦，游子思乡鸥鹭盟。
自笑顽儒飞独雁，何期红袖傍书生。
卅年一觉鹏城路，赢得酸丁蜗角名。

【注释】『凤凰鸣』，《诗经·大雅》：凤凰鸣矣，于彼高冈。『酸丁』，对贫寒而迂腐的读书人嘲讽性的称呼，李国文《皇帝与作家》：作家者何？按照王渔洋的话说，乃一酸丁也。『蜗角名』，比喻微小而没有作用的蜗角虚名。

游大别山

少年梦境别山游，高铁飞驰半日谋。
百里菜花飘彩带，一溪春水映民楼。
毕昇故里寻芳草，太白仙踪觅鹭鸥。
茶话忠贞添乐趣，乌云朱迹好题留。

【注释】『少年梦境别山游』，少年时曾经沉迷革命小说《大别山上红旗飘》。『毕昇故里』，在英山县伍桂村，考古发现活字印刷术发明家毕昇的墓碑。『太白仙踪』，相传诗仙李太白云游于此，感叹山南山北景色之殊，大别山因而得名。『乌云朱迹』，英山县十景之一，相传一妇遇贼，宁死不辱，抱婴殒身岩下。有民间诗人于石壁题诗云：壁间仙影倒悬奇，手抱婴儿几度悲。云鬓摧残添野棘，霞裳剥落积封泥。血斑溅石千年恨，性烈惊猿五夜啼。试问两人当日事，拼生岩下为阿谁。

题赠辞赋家颜其麟老师

荆楚枝江盛酒名，古今诗酒最人情。
文辞纸上千秋富，翰墨胸中百万兵。
天地立心心耿耿，金丹换骨骨铮铮。
悲乎世道崇阿堵，幸也江山作赋铭。

【注释】本诗用韵《诗韵新编》十七庚部。『颜其麟』，湖北枝江人，著名辞赋家、书画家，中华辞赋研究院院长。『天地立心』，宋代张载说：读书人为天地立心，为生民立命，为往圣继绝学，为万世开太平。『金丹换骨』，宋代陆游《夜吟》诗：夜来一笑寒灯下，始是金丹换骨时。

【附录】颜其麟《回馈次韵黄海先生赠吾诗》：既负家乡屈子名，又惭桑梓昭君情。琴棋书画为庸士，弹唱吹拉乃弱兵。义址仁基文翼翼，诗囊文榻舜兢兢。耋龄方悟文章富，盛世或钦辞赋铭。

题赠画家李世南老师

野奇怪乱黑图新，八百秦川真凤麟。
道骨仙风鹦鹉笔，朝秦暮楚水云身。
造物有情怜画士，吾曹无力扫红尘。
谁使凡心空荡荡，我为生活铸精神。

【注释】『李世南』，别名阿难，著名画家，出生于上海，曾师从著名画家石鲁，出版有《李世南画集》等。『野奇怪乱黑』，时人讽刺石鲁的画为：野奇怪乱黑，石鲁打油诗调侃曰：人骂我野我更野，搜尽平凡创奇迹。人责我怪我何怪，不屑为奴偏自裁。人谓我乱不为乱，无法之法法更严。人笑我黑不太黑，黑到惊心动魂魄。野怪乱黑何足论，你有嘴舌我有心。生活为我出新意，我为生活传精神。

答谢友人赠白糖罂荔枝

杜郎苏子荔枝馋，诗史流芳作美谈。
喝酒须凭肝胆气，读书但取杖头钱。
良方良药微微苦，佳果佳人糯糯甜。
身未动而心已远，是谁闪烁在天边？

【注释】本诗用韵《诗韵新编》十四寒部。『白糖罂』，南方荔枝之早熟品种。『杜郎苏子』，指杜牧、苏东坡。『杖头钱』，《晋书·阮修传》：常步行，以百钱挂杖头，至酒店，便独酣畅。『身未动而心已远』，旅游卫视广告词：身未动，心已远。

题画家林丰俗牡丹图并赠

韩山韩水少年游，金石丹青梦寐求。
荠菜五溪高力士，牡丹七彩白馒头。
文辞应作相如赋，笔墨当随意境收。
砚海乃今生守望，岩礁不理会潮流。

【注释】『林丰俗』，著名画家，出生于广东潮安，广州美术学院教授。『荠菜五溪高力士』，唐代高力士《荠菜诗》：两京作斤卖，五溪无人采。贵贱虽不同，气味故常在。『牡丹七彩白馒头』，清朝《分甘余话》：乡下年轻人说起某地有五色牡丹非常漂亮，问其父能否移种家中，其父反问道：牡丹五彩这么漂亮，就是不知道能不能结出馒头来？『岩礁不理会潮流』，翻译家李文俊说：我喜欢福克纳的落落寡合，他的矜持，他的孤独礁石般地不理会潮流。

题赠漫画家方成老师

明星玲玉系同村，国父宗亲本姓孙。
漫画杂文数来宝，钟馗布袋鲁智深。
思乡常念杏仁饼，嗜酒当凭白虎樽。
世上风光皆掠影，人间最美是灵魂。

【注释】本诗用韵《诗韵新编》十五痕部。『方成』，著名漫画家，原名孙顺潮，出生于北京，祖居广东中山，与电影明星阮玲玉同乡。『玲玉』，即阮玲玉，中国电影默片时期著名女明星之一。『布袋』，即布袋和尚。『白虎樽』，古代用以奖劝直言者的一种盖上有白虎图像的酒器。

题赠书法家张清坚老师

文江学海德为邻，源远流长邹鲁滨。
百载修身佛儒道，两王书法精气神。
临池那计冬和夏，授业何辞苦与辛。
无欲无求无世累，自书自乐自由人。

【注释】『张清坚』，书法家，出生于广东澄海，一生教书育人，醉心于碑帖临池。『邹鲁滨』，即海滨邹鲁，指潮汕地区。宋代陈尧佐《送王生及第归潮阳》：从此方舆载人物，海滨邹鲁是潮阳。『佛儒道』，佛家的生死轮回、儒家的仁义道德、道家的天地人和，构成中国圣人最高思想境界。『自书自乐』，张清坚老师曾道：我的作品从不入市，也从不参赛竞奖，仅是自书自乐而已。

游成都杜甫草堂

依旧青春老粉丝，浣花溪畔我来思。
空怀治国安民策，却吐惊天动地诗。
茅屋当年愁夜雨，草堂今日换新姿。
文章贬值房价涨，圣迹忧心作地皮。

【注释】『粉丝』，流行语，英语Fans的音译。『我来思』，《诗经》：昔我往矣，杨柳依依。今我来思，雨雪霏霏。『地皮』，指可供房地产开发利用的建筑地段或场地。

端午节感怀

面朝大海海天舒，鸥鹭翩翩日月浮。
怀恋小资冬妮娅，神崇右派聂绀弩。
身无烦务何妨酒，卡有余钱好买书。
从此江山如幸幸，应无豪杰作亡徒。

【注释】本诗押韵《诗韵新编》十姑部。『面朝大海』，海子诗：面朝大海，春暖花开。『小资』，上世纪九十年代中国大陆流行的名词。『冬妮娅』，苏联小说《钢铁是怎样炼成的》保尔少年恋人，冬妮娅情结成为一代人的青春梦忆。『右派』，在反右运动中，有约五十五万人被错划为右派分子。『亡徒』，屈原曾被放逐流亡沅水、湘江流域，故以亡徒称之。

暹罗寻亲纪事

昔日阿爷坐木船，如今空客过南洋。
泰津河畔寻祖迹，曼谷街头看霓裳。
阿叔阿姑似相识，堂兄堂妹已番邦。
开枝散叶随天命，那里自由那故乡。

【注释】本诗押韵《诗韵新编》十六唐部。『空客』，飞机 Airbus。『泰津河』，即泰国 Tha Chin 河，也称素攀武里河。『那里自由那故乡』，泰国原名暹罗，一九四九年改名为泰国 Thailand，意为自由之地。美国政治家本杰明·富兰克林名言：哪里有自由，哪里就是我的祖国。

少年梦境彩虹乡

少年梦境彩虹乡，湟水祁山信马缰。
四野牛羊稞麦熟，满怀诗酒土家香。
银壶金盏客人醉，社鼓村歌节庆长。
公主艺传天佑德，人生出彩胜天堂。

【注释】『彩虹乡』，青海省互助县被誉为彩虹的故乡。『湟水祁山』，指湟水河和祁连山。『节庆长』，土族纳顿节，历时两月，堪称世上最长节庆。『天佑德』，青稞酒品牌，相传青稞酒酿造工艺为文成公主所传。『人生出彩』，习近平说，实现中国梦就是让人民共同享有人生出彩的机会。

步潮州友人原律原韵

韩水韩山留足音，梦中八景复登临。
难辞美食肥身体，莫使浮华易素心。
唐宋诗文聊共赏，凤凰茶酒喜同斟。
风光还是故乡好，春闹枝头款款深。

【注释】『韩水』，指韩江。『八景』，潮州八景指鳄渡秋风、西湖渔筏、金山古松、北阁佛灯、韩祠橡木、湘桥春涨、凤台时雨、龙湫宝塔。

赠文学评论家唐小林先生

文弱书生气贯虹，单枪匹马斗枭雄。
负坚执锐非君意，正本清源是我崇。
纵酒放歌悲壮士，沽名射利可怜虫。
林间响箭惊禽兽，常识回归即启蒙。

【注释】『唐小林』，四川宜宾人，当代文学评论家，曾获《文学报》新批评首届新人奖，著有论集《天花是如何乱坠的》。『纵酒放歌』，杜甫诗：白日放歌须纵酒，青春作伴好还乡。『常识回归』，著名学者资中筠在《老生常谈》里说：启蒙就是回归常识，用自己的眼睛看东西，用自己的思想来考虑问题。

参加群众路线教育活动有感

人人对照总要求，还政于民水载舟。
五个坚持原则讲，六条注重惠施谋。
四风恶习刚遏制，八股文章又抬头。
长治久安须法治，中华民族复兴酬。

【注释】『总要求』、『五个坚持』、『六条注重』，均为群众路线教育实践活动文件要求。『四风』，即形式主义、官僚主义、享乐主义、奢靡之风。

步毛泽东《长征》原韵题赠友人

无尘字画备艰难，满纸烟霞若等闲。
肚困三餐云母粥，肾亏六味地黄丸。
诗书优劣谁评定，宦海浮沉我胆寒。
颇羡知愚宁武子，亦痴亦醉扮憨颜。

【注释】本诗押韵《诗韵新编》十四寒部。『肚困』，潮州话饥饿之意。『云母粥』，白居易《晨兴》：何以解宿斋，一杯云母粥。『宁武子』，孔子《论语》：宁武子，邦有道则知，邦无道则愚。

夜读胡文辉《陈寅恪诗笺释》

生死力争风骨奇，自由独立大顽痴。
轰轰烈烈应无计，谔谔铮铮却有诗。
为己为人陶学士，立心立命帝王师。
读书种子传薪火，绝学继承当在兹。

【注释】『陈寅恪』，江西修水人，著名学者、诗人，曾任清华大学、香港大学、中山大学教授，中央文史馆副馆长等职。『生死力争』，陈寅恪说：独立精神和自由意志是必须争的，且须以生死力争。『为己为人』，孔子在《论语·宪问》里说：古之学者为己，今之学者为人。『读书种子』，傅斯年曾经说：在柏林有两位中国留学生，是我国最有希望的读书种子，一是陈寅恪，二是俞大维。

自嘲

莲花山脉客家儿，牛角挂书天地师。
北上广深留寓迹，诗词歌赋识毛皮。
春花秋月易陶醉，利禄功名难自持。
回望青春何所恋，一生散淡少邪思。

【注释】『天地师』，伟大领袖毛主席指示：农村是一个广阔的天地，在那里是可以大有作为的。『北上广深』，指北京、上海、广州、深圳。『散淡』，京剧《空城计》唱词：我本是卧龙岗散淡的人，凭阴阳如反掌保定乾坤。

甲午无题

老虎苍蝇旧话题，做牛做鼠也离奇。
渭璜冤死应无恨，先圣余生却有思。
大是大非难把握，小恩小惠易推辞。
延安对话犹盈耳，还政于民最可期。

【注释】『老虎苍蝇』，电影《建国大业》里蒋经国说：经国此来，只打老虎，不拍苍蝇！『做牛做鼠』，二〇〇五年深圳市委书记李鸿忠说：树立远大理想，做牛不做鼠。『延安对话』，毛泽东与黄炎培的延安窑洞对话。

游深圳湾公园

面朝大海眼眉舒，红树林披夕照图。
海市蜃楼非幻境，云窗雾阁是名都。
晚潮拍岸三重奏，火炬擎天一叠书。
鸥鹭若非双比翼，翱翔千载又何如？

【注释】本诗押韵《诗韵新编》十姑部。『红树林』，深圳市福田红树林鸟类自然保护区。『火炬』，第二十六届世界大学生夏季运动会在深圳举行，其火炬塔以书叠形象耸立在深圳湾畔。『翱翔千载又何如』，取意舒婷诗句：与其在悬崖上展览千年，不如在爱人肩头痛哭一晚。

囧途

物欲横流光怪离，感情泛滥乐生悲。
楼盘股市成黑洞，权贵官商变怪螭。
宅女潮男啃老族，囧途槑怂傻冒儿。
基尼系数零点五，我辈何妨称屌丝。

【注释】『黑洞』（Black hole），天文学术语。『怪螭』，柳宗元《诉螭文》：嗟尔怪螭，害江湄兮。『啃老族』，本语源于二十世纪九十年代末的英国，指无能力独立生活而靠父母供养的年轻人。『囧途』，二〇一〇年喜剧电影《人在囧途》。『基尼系数』，二十世纪初意大利经济学家基尼根据劳伦茨曲线所定义的判断收入分配公平程度的指标。『屌丝』，网络流行词。

怀念作家汪曾祺

文章品德顶呱呱，满口噙香美食家。
京剧唱词阿庆嫂，舌尖寻味韭菜花。
一回右派三生幸，五味醍醐八斗夸。
谁说男人是狗狗，汪曾祺是杯好茶。

【注释】『汪曾祺』，江苏高邮人，著名作家。『满口噙香』，金庸先生说：读大陆的作品，满口噙香中国味的作家，当推汪曾祺和邓友梅。『京剧唱词』，汪曾祺创作《沙家浜》阿庆嫂唱词：垒起七星灶，铜壶煮三江；摆开八仙桌，招待十六方。『一回右派』，汪曾祺说：我当了一回右派，真是三生有幸，要不然我这一生就更加平淡了。『五味醍醐』，佛教《涅槃经》：乳味、酪味、生酥味、熟酥味、醍醐味为五味。『男人是狗狗』，杨慧卿（加拿大）散文集《男人是狗狗》。

题赠雕塑家钱绍武老师

三钱阿炳系同乡，却住京城朽木堂。
立体空间和视觉，造型概括与夸张。
放怀笔墨无块垒，仰望星空有慧光。
苍茫之塑恒千古，何羡生身在晋唐。

【注释】『钱绍武』，江苏无锡人，著名雕刻家、画家，中央美术学院雕塑系主任。『三钱』，指钱学森、钱伟长、钱三强，又指钱穆、钱基博、钱锺书。『阿炳』，原名华彦钧，江苏无锡人氏，民间音乐家，传世名曲有《二泉映月》等。『苍茫之塑』，《钱绍武谈艺录》：苍茫于人的是阔大的、深远的景象，模糊不清的感觉，正所谓味之无穷，似有若无，越看越多，但又不可捉摸。

甲午中秋

少年盼遇广寒仙，玉兔投怀课桌眠。
都说诗书能拔俗，又闻灵药可飞天。
祈求穿越三千界，辜负青春一万年。
且酒且歌君莫笑，月光如水复如烟。

【注释】『广寒仙』，广寒仙子，即嫦娥。『灵药』，李商隐诗句：嫦娥应悔偷灵药，碧海青天夜夜心。『一万年』，毛泽东词句：一万年太久，只争朝夕。

魏紫熙山水画感悟

知山乐水作游仙，红叶翩翩石上眠。
了悟三身轻百岁，烂柯一日误千年。
峰峦有幸披虹彩，溪涧无端奏管弦。
于若梦中寻梦境，何如醉卧白云边。

【注释】『魏紫熙』，原名魏显文，出生于河南遂平，著名画家、中国美术家协会理事。『石上眠』，袁枚诗句：先生容易醉，偶尔石上眠。『三身』，指佛教中的法身、报身和化身。『白云边』，白云天边，也指湖北白酒品牌。

蛇口女娲补天塑像感怀

高楼林立入云端，春雨春潮过眼看。
一夜新城终眷恋，千秋故国任凭栏。
亦忧亦乐凝愁结，不喜不悲相见欢。
世道人心空荡荡，补天容易补心难。

【注释】『不喜不悲』，扎西拉姆《班扎古鲁白玛的沉默》：你见，或者不见／我就在那里／不悲不喜。『世道人心』，鲁迅杂文里说：有一个高僧在沙漠中修行，忽然想到亚历山大府的名妓泰绮思，是一个贻害世道人心的人物。

题赠深圳五星级义工西河

当年蛇口望星光，开放春潮荡气肠。
幸有诗思陪我老，岂无壮志伴君行。
不离不弃鹏城梦，亦步亦趋名利场。
物欲横流终不悔，送人玫瑰手余香。

【注释】『西河』，原名林颉琰，广东潮州人，诗人、收藏家，深圳五星级义工。『名利场』，英国作家萨克雷小说《名利场》。『送人玫瑰手余香』，深圳十大观念之一。

乙未年潮州过春节

高速驱车来探亲，潮汕风物四时新。
韩公祠里寻文脉，湘子桥边访故人。
乌岽单丛色香味，枫溪瓷器精气神。
世情总是家乡好，鹅鸭鸡豚娘酒醇。

【注释】『韩公祠』，潮州韩文公祠，位于韩江东岸笔架山下。『乌岽单丛』，凤凰镇乌岽山名茶。『枫溪瓷器』，潮州市枫溪区被誉为南国瓷都。『娘酒』，客家名酒。

春游潮州凤凰洲感怀

日照桃花环燕羞，春风拂面上层楼。
凤城雨笋浮楼市，岭海江天聚鹭鸥。
匡俗济时焉有计，追名逐利岂无愁。
农家子弟江湖老，应返深山再放牛。

【注释】『环燕』，古代美女杨玉环、赵飞燕。『岭海』，潮州市誉称岭海名邦。『农家子弟江湖老』，京剧《武家坡》唱词：少年子弟江湖老，红粉佳人两鬓斑。

书生携子学耕田

——题赠中山大学谢有顺教授

又是人间四月天，书生携子学耕田。

力除秋草三垅地，祈望春蔬一篮鲜。

拎桶荷锄你恐后，翻泥浇水我争先。

汗流半日鼾声醉，汀水美溪头枕边。

【注释】『人间四月天』，林徽因诗歌《你是人间四月天》。『汀水美溪』，谢有顺教授家乡福建长汀县美溪村。

题赠收藏鉴赏家杨东明老师

少年五类背乡行，晓月孤星犬吠惊。

闽水夷山留梦忆，宋瓷唐彩慰平生。

道儒一世崇名节，华夏五千醉文明。

归去来兮存境界，也无风雨也无晴。

【注释】『杨东明』，广东揭阳人，著名杂项收藏鉴赏家。少年不堪家庭地主成分受到批斗凌辱，避难福建山区，风餐露宿，历经磨难。『五类』『文革』时期指地、富、反、坏、右。『醉文明』，广西卫视《收藏马未都》主题曲《醉文明》。

访南溪两首

车入大安车辘轻，螺河夕照雨初晴。
喧天锣鼓动魂魄，滚地金龙畏后生。
江夏开宗承祖德，南溪创寨耀乡名。
孝廉礼义传家久，梦里犹闻夜读声。

三月岭南莺草飞，友朋邀我驾车归。
群峰有幸披霞彩，楼阁无端染翠微。
父老相迎浮笑脸，孩童嬉戏著新衣。
小康宴席客人醉，蔬果鲜甜鸡鸭肥。

【注释】『南溪』，陆丰县大安镇南溪村。『螺河』，又名罗河，发源于三神凸山，于陆丰碣石湾注入南海。『滚地金龙』，广东省陆丰县南溪村的一种民间舞龙活动，二〇〇六年五月被国家批准为非物质文化遗产。

春雨夜有寄

浦江惜别雨霏霏，粤海春潮号角吹。
祈有贾驴陪我走，岂无鸿燕傍君飞。
恭迎大款豪车返，应许书生白发归。
人生百载垂垂老，谁可千年等一回？

【注释】本诗押韵《诗韵新编》八微部。『贾驴』，唐代诗人贾岛所骑的毛驴。『千年等一回』，一九九二年歌舞神话剧《新白娘子传奇》主题曲《千年等一回》。

乙未端午纪实

屌丝散户已悲秋，吃粽如同啃蜡球。
杠杆融资追涨买，押房筹款踏空投。
空仓不懂满仓泪，周一焉知周五愁。
牛市大神熊市狗，无边苦海要回头！

【注释】『空仓不懂满仓泪』，网络流传一位股民在收盘之后哀叹道：白天不懂夜的黑，空仓不懂满仓的泪。『牛市大神熊市狗』，网络流行语。

步梁水良君《饯酒宴吟》韵

薄酒粗茶聚宝辉，新规八项忌轻肥。
君行蜀道少艰险，吾涉宦途多愿违。
俸禄祈能养舍眷，诗词聊可畅心扉。
欣逢七秩胜倭日，秃笔当枪壮国威。

【注释】『梁水良』，记者、诗人，汕尾诗社创办人。『新规八项』，中央确定的《关于改进工作作风密切联系群众的八项规定》。

【附录】梁水良《饯酒宴吟》：入蜀行前到宝辉，倾壶犹有桂鱼肥。清风朗月俱相聚，老友新朋未久违。浅笑闲倾心玉磬，轻吟雅集字珠玑。席间已唱渭城曲，仗剑天明驿路威。

酬答诗人梁水良君

鹏城初识酒千杯，微信频频点赞吹。
股市楼盘成热议，诗书友道已衰微。
少年立志应无忌，老大修身却有规。
巨著溢言当自愧，我还知道我是谁。

【注释】本诗押韵《诗韵新编》八微部。『我还知道我是谁』，文学家沈从文语：没有人知道我是谁，所以我还知道我是谁，如果人人都知道我是谁的话，恐怕我就不知道我是谁了。

【附录】梁水良《步韵呈黄海吟长》：相逢恨晚莫停杯，笑我充竽未敢吹。王母清风知奥妙，黄兄巨著见精微。文心入梦方成道，雅句开怀亦蹈规。秋色斑斓河海涌，飞来鸿雁为了谁。

题赠画家祝焘老师

茅台陈醋各千秋，黔晋鹏城飞鹭鸥。
战地黄花新境界，寒林飞雪旧风猷。
虫鱼花鸟乐天派，笔墨丹青意识流。
深谷回声终致远，满浆稻穗总低头。

【注释】『祝焘』，著名画家，贵州绥阳人，太原市专业画家。『战地黄花』『寒林飞雪』，祝焘老师传世画作。『深谷回声』，柯蓝散文诗《深谷回声》，电影《黄土地》脚本。『满浆稻穗总低头』，祝焘老师口头禅：『饱满的谷穗总是低着头嘛』。

题赠书法家任之通将军

虎头潮涌灌河惊，武将终担儒士名。
胆气倒流三峡水，笔锋横扫万重兵。
疏狂俊秀藏风骨，刚劲淋漓露性情。
谁说扛枪皆土帽，书家自古出军营。

【注释】『任之通』，少将军衔，江苏灌云人，曾任天津警备区政委，中国书协会员、中国榜书艺术研究会主席。『虎头潮』，苏北灌河虎头潮，河道外宽内窄，潮汐落差大，势如惊雷，蔚为壮观。

题赠诗人祁念曾老师

秦宫汉阙马萧萧，风雨苍茫十四朝。
渭水仙台云作梦，未名博雅月吹箫。
追寻圣地吟经典，站立河流唱大潮。
碧海云天开境界，诗书为乐远尘嚣。

【注释】『祁念曾』，著名诗人，出生于河南洛阳，北京大学毕业，中国作家协会会员，著有诗集《站立的河流》，入编六年级语文课本的诗歌《延安，我把你追寻》等。『仙台』，即秦岭山脉主峰太白山拔仙台。『未名博雅』，北京大学未名湖、博雅塔。

乙未中秋

珠江远望水悠悠，一夜新城海市楼。
诗艺初通三要素，机关混作万金油。
功名负累多烦恼，诗酒相欢少苦愁。
玉兔今生相守望，天长地久又何求。

【注释】『三要素』，浩飞著作《格律诗三要素》，格律诗三要素为平仄、对仗、押韵。丁鲁著作《中国新诗格律问题》，新诗格律三要素为节奏、韵、结构。

题赠作家张效民方家

三江朝气驾轻舟，廿载鹏城赶浪头。
从政从文心荡荡，亦诗亦酒乐悠悠。
锦城踏露赏秋菊，南海观涛识鹭鸥。
民族复兴夫有责，吾曹岂可逐波流。

【注释】『张效民』，著名作家、诗人，籍贯河南，四川旺苍县三江镇出生，曾任深圳职业技术学院副院长、深圳市政协副主席、民进深圳市委主委。主要著作有《艾芜评传》、《雍陶诗注》、《鲁迅作品鉴赏性阅读》等。

访秦牧故居

樟林古港迹何留，断井颓垣少客游。
大款新居门若市，先生祖屋鸟啁啾。
羊城一棵繁花树，东里百年风雨楼。
触目遗怀天色晚，韩江落日总闲愁。

【注释】『秦牧』，著名散文家，原名林阿书，又名林觉夫，出生于香港，祖居广东澄海东里镇，名著有《古战场春晓》、《艺海拾贝》等。『繁花树』，秦牧的文学活动涉及很多领域，被喻为『一棵繁花树』。

寒冬时节与诗人梁水良君重聚鹏城

冬寒心热好开樽，扇贝金鲳一锅炖。
三省吾身终了了，几杯烈酒已昏昏。
唐松宋柏留文脉，股市楼盘已泪奔。
世事纷繁名利计，书生无力扫红尘。

【注释】本诗押韵《诗韵新编》十五痕。『三省吾身』，《论语·学而》：曾子曰，吾日三省吾身。『唐松宋柏』，副总理马凯同志七律诗句：大地春回盼未迟，唐松宋柏又新枝。『泪奔』，网络语。

女儿新加坡南洋理工大学毕业

光阴似箭迹何留，负笈狮城十几秋。
云想霞思背囊里，母怜父爱在心头。
星洲河畔浮楼市，鱼尾狮旁望鹭鸥。
礼义孝廉当记取，养家立业好筹谋。

【注释】『狮城』，新加坡又称狮城。『鱼尾狮』，鱼尾狮『Merlion』是一种虚构的鱼身狮头动物，一九六四年由时任 Van Kleef 水族馆馆长 Fraser Brunner 先生所设计，为新加坡城市地标。

相聚江城

【题记】二〇一五年十二月二十五日，与诗友西河一同乘坐高铁前往武汉，专程看望著名作家洪洋老师。

东湖相聚酒同斟，蛇口当年追梦人。
卅载沧桑徒感慨，千秋故国任耕耘。
鹏城风物江城梦，儒士胸怀壮士魂。
还望梧桐山下饮，春华十里好迎君。

【注释】本诗押韵《诗韵新编》十五痕。

春风十里

朱鹮南渡觅知音，邂逅鹏城款款深。
君哺雁雏为雨燕，吾馋诗酒愧儒身。
抚琴引凤相如赋，垂泪还珠张籍吟。
百卉争妍今又聚，春风十里不如君。

【注释】本诗押韵《诗韵新编》十五痕。『春风十里不如君』，作家冯唐《春》：春水初生，春林初盛，春风十里，不如你。

悼念袁庚

外抗倭奴内抗秦，大鹏赤子胆包身。
东江饮马驱狼虎，蛇口开山泣鬼神。
粤海春潮声壮阔，岭南秀色望无垠。
犹崇大梦君先醒，摇落银河日一轮。

【注释】『袁庚』，原名欧阳汝山，深圳大鹏镇人，曾任东江纵队联络处长、香港招商局常务副董事长、招商局蛇口工业区党委书记等职。『倭奴』，史书称日本为倭奴。『抗秦』，秦为暴政象征，近代顾孟余诗句：徒传草泽能兴汉，何处桃源可避秦。『胆包身』，大胆包身，元代无名氏《隔江斗智》第四折：关云长雄略盖世，赵子龙大胆包身。

七排

海上世界吟醉诗

诗仙太白错生时，未至明华吟醉诗。
谢公木屐遍四海，九泉梦醒犹惊奇。
海上明珠确太俗，凌波仙子尚可喻。
东海为之倾尽色，南山相形成白痴。
暮听潮水月上来，朝看东海出红日。
龙王邀我闲把酒，横槊赋诗正适宜。
摆美宴，约嫦娥，设舞会，美人鱼。
河汉冷清无此乐，人间仙桃甜胜蜜。
七仙姑，观音姨，下凡尘，莫迟疑。
白灼沙虾姜葱蚝，清蒸螃蟹青岛啤。
幸运城内砖引玉，英式酒吧白兰地。

迪斯科，霹雳舞，外汇券，人民币。
歌舞升平开放日，峥嵘边陲出奇迹。

【注释】『海上世界』，招商局蛇口工业区著名风景点，此诗作于一九八四年冬。

北京大学感怀

未名湖畔百花鲜，红似骄阳绿似烟。
鱼石临湖镜中镜，博雅倒影天外天。
花神浪漫追思绪，三角纷纭忆少年。
石舫欢歌能误国，红楼灯火可燎原。
铁肩道义一名士，赛德昆仑两神仙。
两弹一星惊世界，神舟五号共婵娟。
书藏浩瀚传薪火，五四激情有巨篇。
庠序百年兴国运，人文荟萃聚燕园。

【注释】此诗合用平水韵『上平声十三元』『下平声一先』等两部。本诗原载二〇〇四年三月二十五日《北京大学校报》。

怀念父亲

【题记】二〇〇七年四月十四日凌晨，父亲的心脏停止了跳动。一九二五年，父亲出生在泰国素攀地区，为传宗接代继承香火，祖父竟背着祖母，把童年的父亲和二叔，托乡亲带回中国。遵行父命，七岁的父亲牵着五岁的二叔，三步一回头，坐船从泰国转辗回到潮汕故乡。膝下一对爱子突然离别，泰籍祖母悲痛欲绝，祖父也郁郁而终，英年早逝于异国他乡。生离死别七十多年，二〇〇四年秋天，父亲终于有机会重返出生之地——泰津河畔，在生母墓前献花祭祀。人世沧桑，无限感慨。而眨眼的工夫，父亲和二叔都走完他们辛劳的一生。父亲的突然离世，使我在这个世界上，少了一份牵挂，多了一份思念。

泰津河畔月光光，阿爸出生在佛堂。
膝下依偎多幸福，船头哭别太凄凉。

呼天喊地俱不应，顿足捶胸欲断肠。
天苍苍，海茫茫，何日见我爹和娘。
弟哭兄泣饥鼠夜，母怜父爱隔重洋。
缺衣少食劳筋骨，育女养男耐饥寒。
四季耕耘田地阔，一担农具风雨行。
皈依基督开神智，笃信耶稣得健康。
劳碌一生心性善，繁衍百代子孙昌。
三抔乡土埋忠厚，千载清明慰善良。
造句遣词何堪记，含辛茹苦岂敢忘。
如今思念音容貌，往事长怀忆故乡。

【注释】泰津河，泰国曼谷西部河流。本诗作于二〇〇八年清明节。

题第二届青海湖国际诗歌节

布哈河畔草青青，圣水灵湖日月山。
壮丽河山高峻地，幽咽羌笛古雄关。
天青日紫金瓦寺，云雪月霜白旃檀。
白度母祥云笼罩，宗喀巴法脉华端。
格萨尔丰碑斗魁，金羚羊首奖胡安。
泱泱诗国传薪火，猎猎西风起圣幡。
鸥鹭雁鹅惊水浪，高朋韵士耀吟坛。
文章锦绣群贤聚，青海宣言振宙寰。

【注释】『格萨尔』，即青藏千年史诗《格萨尔王》。『胡安』，即阿根廷诗人胡安·赫尔曼，获首届『金藏羚羊国际诗歌奖』。『青海宣言』，二〇〇七年八月七日至十日，在青海省举行的『首届青海湖国际诗歌节』上，各国诗人签署由中国著名诗人吉狄马加起草的《青海湖诗歌宣言》。

回忆七十年代

牛鬼蛇神纸帽行，共产主义路光明。
敲锣打鼓三句半，忆苦思甜五好生。
美帝苏修皆纸虎，林彪孔子是畜牲？
和平演变甭理会，师道尊严要斗争。
知识青年老三届，英雄白卷张铁生。
举旗农业学大寨，欢呼工业学大庆。
镇压地富反坏右，颂扬工农商学兵。
离心离德燃萁豆，亦步亦趋盗世名。
祸国殃民江四害，改革开放邓小平。
荒唐岁月惊回首，时代车轮滚滚行。

【注释】『江四害』，即江青、张春桥、姚文元、王洪文『四人帮』。